犬ほど素敵な商売はない

榎田尤利

角川文庫
23188

犬ほど素敵な商売はない

さみしくてさみしくて気が狂いそうだったので、犬を飼うことにした。

1

――この床、コルクだ。

最初に思ったのは、そんなことだった。

片脚に体重を移動させ、ぎゅうと踏みしめてみる。足の裏を押し返してくるいささかの弾力と、独特な温《ぬく》もり……コルク床には適度なクッション性と防音効果があるので、子供のいる家庭に向いていると聞いたことがあった。転んでも怪我をしにくいし、多少暴れても振動を抑えてくれるからだ。

だが、この静まり返った邸宅に子供などいるはずもない。

倖生《ゆきお》は床から視線を上げ、自分の前に立つ男を見る。

夏だというのに黒ずくめの男は、沈黙のままソファを人差し指で示した。座れと言いたいらしい。

静謐《せいひつ》で、横柄で、かつ優雅な動きだった。

倖生がソファへと歩みを進めると、男はそのまま別室に消える。

お茶でも出してくれるつもりだろうか。この暑さだ、どうせならビールにしてくれよ……そう思ったが、口には出さなかった。初対面で、しかも相手は客なのだ。

さて、どこに座るべきか。

ダメージデニムのポケットに手を突っ込んだまま、倖生は考える。

ずいぶんと大きなソファセットだ。豪邸訪問のテレビ番組で、こんなのがデンと据えられているのを見たことがある。コーナーソファというのか、途中にカーブがあり、八人くらい腰掛けられそうな代物。ぬめり感のある革製で、色は黒。揃いのオットマンもついている。たぶんこのオットマンだけで、倖生のアパートの家賃くらいの値段なのだろう。あるいはもっと高価かもしれない。

考えたあげく、ほぼ中央あたりにどすんと腰を下ろした。本当は端が落ち着くのだが、そんなところにちんまり収まったら舐《な》められるような気がしたのだ。しなやかな革は心地よく倖生を受け止めた。安っぽいスプリングの反動などなく、身体が沈みすぎることもない。確かに高級品なのが身をもってわかった。

フンと鼻を鳴らして、長い脚を組む。

リビングは広い。広すぎて、何畳換算になるのかよくわからない。ものが少ないので余計広く感じる。整然としすぎて神経質な印象があり、生活感に乏しい。金持ちの家とはみんなこういう感じなのだろうか。

男はまだ戻らない。暇つぶしに、部屋にあるものを数えてみた。ソファにクッション、シンプルなローテーブルと観葉植物、値段の予想もつかないオーディオセット……だが、テレビはない。壁面は造りつけの飾り棚になっていて、本がぎっしり埋まっている。横文字のタイトルも多く、見たことのない漢字もある。たぶん中国語だ。いずれにしても、倖生には縁のない世界だった。

リビングは小さなサンルームと繋がっている。

小さなと言っても、そっちだけで倖生の住む六畳間よりは広い。籐《とう》の安楽椅子が置かれていて、シェード越しに夏の日差しが降り注いでいた。だがエアコンの効きはすこぶるよく、室内は快適な温度になっている。

サンルームの向こうは庭だ。都内であの広さならば贅沢《ぜいたく》もいいところだが、まったく手入れがされていない。どうやらこの邸宅の主人は、庭に無関心らしい。鬱蒼《うっそう》と茂る木々と雑草に覆われたスペースは、庭というより藪《やぶ》に近い。剪定《せんてい》されないまま好き勝手に生長した木々では、蟬の大合唱が囂《かまびす》しいほどだった。

訪れる際に見た外観は、蔦《つた》の蔓延《はびこ》る古めいた和洋折衷様式だ。由緒ある建物に感じられたが、家屋のほうも最低限のケアだけという印象だ。なんにしろ、都心近くにこれだけの敷地を持つのだから相当な金持ちには違いない。

サンルームのガラスに映った自分を見て、倖生は小さく舌打ちした。

もうちょっと、まともな服を着てくればよかっただろうか。

身体にフィットしているのは迷彩柄のTシャツ。もともとダメージ加工があったところに、さらに経年劣化が加わったデニム。ベルト通しに繋げたキーチェーンからはアパートの鍵やらスクーターの鍵やらが、ジャラジャラとぶら下がっている。

髪は伸ばしっぱなしで肩を過ぎ、もともと猫っ毛なので勝手なウェーブがあちこちを向いている。おまけに最近染めていないので根元は色濃く、毛先にいくほど金髪になっている。さぞ頭の悪そうな若者に見えることだろう。

実際、頭は悪い。勉強も学校も大嫌いだった倖生は高校すら出ていない。もっとも、きちんと学校に通い、真っ当な職を得て、世間並みの常識と暮らしを手にした人間ならば、身体を売るような真似などしない。

要はろくでなしなのだ。自覚のないろくでなしより、少しはましという程度のろくでなし。それが倖生なのである。ろくでもないのは承知だし、だからなんだという気持ちで過ごしてきた。

少し前、暇を持てあまして『ろくでもない』の意味を検索したことすらある。ダメ人間だというイメージはあったが、正確な意味を知らなかったからだ。

無意味で、なんの値打ちもない――そう書いてあった。

なるほどな、と思わず笑った。

無意味か。意味なんかないのか。値打ちもないのか。まあ、そうだ。……だが、今のところこの顔と身体には金を出す奴もいるわけだ。

男が戻ってくる。

手にしていたのはお茶でもビールでもなく、輪状の……チョーカーのようなものだった。素材は革に見える。赤、黒、濃いブルーの三色で、留め具はどれも銀色だ。

「立って」

この時倖生は初めて男の声を聞いた。

玄関先で迎え入れられてからずっと、彼は無言だったのだ。すべてを仕草と視線で伝えようとするので、もしかして口が利けぬ人なのかと思ったほどである。

いざ聞いてみると、非常に独特な声だった。

美声かどうかは意見が分かれるところだろう。低く、湿気《しけ》って重たい声だ。語調も抑えめで強くないのに、やたらと耳に残る。

「……立ちなさい」

すぐに反応しなかったためか、男は繰り返した。

ごく穏やかな命令形だったにしろ、倖生は軽い反発を覚える。それでも相手はお客様だ。言われた通りにするしかない。

膝《ひざ》に手を置き、勢いをつけて立ち上がる。

一方で男はソファのコーナー部に腰を下ろし、ローテーブルにチョーカーを並べて置いた。脚を組んでいても座りざまは品がよく、かつ威圧感があった。二メートルほど離れて立っている倖生を、男はじっと見つめている。

ずいぶんと熱心な品定めは、それからしばらく続いた。

客の名は轡田《くつわだ》という。

外見は三十代後半、派手さはないが涼やかな顔立ちは聡明《そうめい》そうだった。身長は一八五センチ程度だろう。並んだ時、倖生よりやや高かった。それだけの身長があっても、間延びした身体に見えないのはきちんと筋肉がついているからだ。その証拠に背すじがぴしりと伸びている。バランスのよい腹筋と背筋を持っていないと、こういう姿勢は保てない。黒々した髪は前部を横に流し、綺麗《きれい》な額が覗《のぞ》いている。襟足はすっきり整えられ、男の几帳面《きちょうめん》さが滲《にじ》み出ていた。

会社員には見えない。かといって、自由業独特の気儘《きまま》さもない。学者のような偏屈さと、教師のような折り目正しさ、さらに芸術家のような意志の強さがミックスされた雰囲気だ。身に纏《まと》っているのは、きちんとアイロンのかかったシャツとスラックス、色は上下ともに黒。真夏のスタイルとしてはどうかと思うが、この男が着ているとちっとも暑苦しく感じられない。

男を弄《もてあそ》びたがる、脂ぎった中年男……そんな倖生の予想は大きく外れたわけだ。

「名前は」

肌理《きめ》の細かい磨《す》りガラスを、指で撫でるような声に聞かれる。

「ユキオ」

緊張しているのを悟られたくなくて、わざとぶっきらぼうに答える。

「……歳は」

「二十一」

ふたつばかりさばを読んでおいた。一部の特殊な趣味の持ち主を除いて、たいていの客は若い相手を好むと聞いている。そのへんは轡田も同じだろう。

質問は淡々と、休むことなく続いた。

「身長」

「一八二か三」

「体重」

「たぶん七〇キロくらい」

「ひどい髪だが、地毛は何色だ？」

悪かったなと内心で呟《つぶや》きつつ、「もともと、結構薄い茶」と答えた。

「肌も白い。外国の血が？」

「さあ。死んだ母親がそんなことを言ってたけど、ホントかどうか」

「私を見て答えなさい」

「見てるだろ」

「きみが見ているのは私の襟だ。きちんと目を見て」

指摘されて、初めて気づく。

確かに倖生は、轡田の顎から襟のあたりに視線を置いていた。一度は顔を見ていたはずなのに、無意識のうちに外していたようだ。

ちっ、と舌打ちしながらあらためて目を上げる。

轡田の瞳とまともにかち合った刹那《せつな》、ピリッ、と身の内をなにかが走り抜けた。息を呑《の》み、倖生は固まる。

なんだよ、これ――。

身体の奥で静電気が発生したかのような感覚だった。冷静で、慎重で、冷ややかなようでその実相当な熱を孕《はら》み……皮膚に食い込むような視線。

背中がぞわりと粟立《あわだ》つ。頭の中に、ピンで留められた標本の昆虫が浮かんだ。あるいは十字架のキリストだ。

打ちつけられ、逃れられない者――。

じろじろ見られるのは慣れっこだった。スタイルに恵まれ、日本人離れした顔つきを持ち、多少の荒《すさ》んだ雰囲気をスパイスにした倖生は、どこにいても目立った。

声を掛けてほしそうな若い女の秋波、羨望《せんぼう》と蔑《さげす》みを併せ持った会社員風情のチラ見、息子がこうなったら困るわと顔に書いてある、中年女性の視線……。

だが轡田の目は、それらとは次元が違う。

見られているのは外見だけではない。冷たい視線が肌を這い回り、皮膚を破ってずぶずぶと潜り込み、内臓の表面をぬるりと撫でられる——そんな眼差しだった。

逃げろ。

自分の内側で音のない警報《アラーム》が鳴る。

早く逃げろ。この視線は縄だ。手錠だ。足枷《あしかせ》だ。おまえを縛《ばく》するものだ。あまりに危険すぎる。捕らわれたら……二度と逃げられない。

倖生は軽く頭を振って「くだらねえ」と胸中で呟く。なにをびびってる？　初回からそんなことで、この先やっていけるのか？

目を逸らすな。

先に視線を外したほうが……喉笛《のどぶえ》に食いつかれる。

やがて、轡田の視線がスッと下がる。倖生は相手に聞こえないように小さく吐息をついた。視線を合わせているだけで、こんなに消耗したのは初めてだ。

轡田が立ち上がる。近づいてくる威圧感に退きかけ、落ち着けと自分に言い聞かせる。ただ見られているだけじゃないか。金を出せる対象なのか、評価されてるだけだ。

どうして怯《おび》える必要がある？

「触っても構わないか」

意外なことに、轡田が許可を求めてきた。

「どうぞお好きに」

喉が渇いて、声が掠《かす》れた。

内心の動揺を悟られたくなくて、倖生はつけ加える。

「あんたは客だ。どこでも触ればいい。ただし、ローションとゴムは絶対条件だぜ。

俺は新入りでね。正直、男はあんま慣れてないんだ」

「……なんの話をしている？」

「だから、無茶な突っ込み方はすんなってこと」

直接的な言い回しに気分を害したのか、轡田が眉を曇らせる。

――割のいい仕事があるんだ。

シュウが耳打ちしてきたのは、二週間前だった。

友人といえるほどのつきあいもない男で、以前同じホストクラブで働いていた。行動範囲が被《かぶ》っているのか、店をやめてからも夜の街で時々シュウの顔は見かけていた。会えば挨拶《あいさつ》と世間話くらいはする仲だった。

――『犬』にね、なるんだよ。

明け方に近い、六本木《ろっぽんぎ》のクラブでのことだ。

SMはごめんだと即座に断った倖生の腕を引き、シュウは「違う違う」と首を横に振る。その顔が間近に迫り、ウェーブのある髪からジャスミンが香る。シュウは耳元で囁《ささや》いた。

――SMなんかじゃない。さみしい金持ちに、ペットみたいに寄り添って可愛がられるんだ。会員制の派遣《デリバリー》みたいなもんで、客は男も女もいる……ユキオ、男もいけるクチだったよな？

確かに、遊びで何度か寝たことはある。

年上も年下もいたが、みな「可愛がられたい」ほうだったので、倖生のすることは女相手の時とさほど変わらない。同性ならではのツボを心得たセックスはそれなりに楽しかったが、男専門になるほどよかったわけでもない。

――ユキオは独特の雰囲気あるからな。売れっ子になれるかも。

シュウは一枚のカードを渡した。Pet Lovers……ペット愛好家。

ふざけたネーミングだ。携帯の番号以外はなにも書いていない。倖生は指に挟んだカードをすぐカウンターに置き、大きなあくびを披露した。始発が動きだしたらさっさと帰ろうと思った。セックスで稼ぐのは手っ取り早いものの、リスクが高すぎる。変質者の客に当たったり、病気をもらったりするのは勘弁だ。

――興味なさそうだね。でも……

シュウがちらりと周囲を気にしてから、時間あたりの報酬額を囁く。

正直、驚いた。ゲイ風俗で稼げる相場は知っていたが、雲泥の差だ。

――な、おいしいだろ？　よかったら、電話してみなよ。

結局、倖生はカードを持って帰った。三軒目のホストクラブを辞め、次の仕事をどうするかぼんやり考えていたところなのだ。

自分でもわかっていることだが、倖生の取り柄は見てくれだけだ。

そういうホストは使い物にならない。会話の上手《うま》さ、より詳しく言えば聞き上手であることこそがホストの命であり、倖生はまったくもって、そのサービス精神に欠けていた。仕事がつまらないと腐っている客に「じゃあ、やめりゃいいじゃん」と返して機嫌を損ねる。手っ取り早い枕営業を厭《いと》いはしないが、ことが終われば背中を向けてさっさと寝る。得意客の誕生日を失念し、営業とわかっていてもSNSの返事はかったるくてたまらない。

そんな調子だから、太客はどんどん離れ、気がついたら場末の店しか雇ってくれなくなっていた。飲みたくもない酒を飲んで、顔がよくて素っ気ない男が好みだという、幸薄そうな女たちの相手をする。

朝になってから帰り、午後まで眠る。

安アパートにかかっている薄いカーテンは日差しを遮ってくれない。掃除していないエアコンの効きは悪く、眠るたびに汗だくだ。

ホストの前はキャバ嬢のヒモだった。地方出身で苦労人だった彼女は、若くして人を見る目があったのだろう、ほどなく倖生に愛想を尽かした。その前はバーテンダーをしていて、何人かの素人女ともつきあった。けれど誰とも長くは続かない。みんなすぐ、倖生の内面の空虚さに気がついて去っていく。

なにを考えているの。

そんなふうによく聞かれた。そのたびに「なんにも」と答えていた。

嘘ではない。倖生の中身なんてスカスカだ。空っぽなのだ。

したい仕事があるわけでもない。将来の夢があるはずもない。誰かを本気で好きになったこともなければ、たぶん本気で憎んだこともない。食事をしていても、さしてうまいとは感じない。空腹感を埋めるために食べるだけだ。食事そのものがすでに面倒で、一日に二食食べればマシなほうだ。

楽しくもないが、死ぬほどつらくもない。

意味の無い人生だ。ろくでもない人生だ。自分でつくづくそう思う。それでも息をして、生きていかなければならない。食べて、クソして、生き続けなければならない。こんなつまらない人生でも、終わりにするほどの度胸はない。

もしも。

もしも、駅のホームに立っていて、もうすぐそこに電車が迫っていて、後ろに立った知らない誰かが「今からあんたの背中を押すよ」と囁いたら……そしたら自分は驚くだろうか。いやだと思い、抵抗するだろうか。逃げるだろうか。

それとも、へえ、くらいに思って——そのまま立っているんだろうか。

暑さが本格的になってきた七月はじめ、倖生はPet Loversに電話をかけた。

自慢の顔だって歳とともに価値は下がっていく。今のうちに荒稼ぎするのも処世術と割り切った。尻を掘らせるのは初めてだけれど、慣れればどうってことないとシュウも言っていた。運がよければ女の客がつくが、確率は低いそうだ。

どうせスカスカの人生だ。失って悔やむものもない。

電話に出た男は、渋谷《しぶや》の道玄坂《どうげんざか》にある雑居ビルの名を告げた。

午後に電話をかけ、夕刻にはもう事務所に到着していた。倖生は古びた接客コーナーに通され、四十絡みの男に頭を下げられる。「マネージャーの田所《たどころ》です」と告げたのは地味だがきちんとした雰囲気の男で、ノーネクタイのサマースーツを纏《まと》っていた。違法すれすれの水商売のくせに、堅気に見える。

——三浦《みうら》倖生くんか……ああ、きみはボルゾイだね。

向かい合わせて座るなり、そんなことを言った。

なんの話かと思ったら、犬種なのだそうだ。事務所には犬を始めとした動物の書籍がずらりと並べてあり、その中から図鑑を一冊取り出して見せてくれた。

――かつてロシア貴族に愛された美しい大型犬だ。ボディは流線形で、脚がとても長い。顔が細面なところも似ているね。

見たこともない犬だった。似ていると言われれば、そんな気もしてくる。

――うちが紹介するのはペット、つまり愛玩《あいがん》動物だ。顧客に渡すのはイメージさせる犬種のカタログであり、そこに添えるきみたちの写真はある程度加工してある。こんなふうにね。

見せられた全身写真は、体形ははっきりしているものの、顔は相当ぼやけていた。

――顧客はこの中から、呼びたいペットを選ぶ。

倖生はカタログを捲《めく》っていった。コリーにシェパード、セッターにテリアに柴犬《しばいぬ》……どれも人間の顔はボヤボヤだ。こんなもので客が納得するとは驚きだった。金持ちほど酔狂ということなのだろうか。

――ちなみにきみを紹介してくれたシュウはコッカー・スパニエルだよ。あのくせっ毛の雰囲気がちょっと似ているだろう？

いくらかは似ているが、こじつけを感じなくもない。

しょせん犬は犬、人間は人間だ。

――登録には血液検査が絶対条件だ。結果に問題なければ、採用させてもらう。先に写真を撮らせてもらえるかな。もちろんきみのも加工する。

田所はそう言って、デジタルカメラで倖生の写真を何枚か撮った。血液検査は指定のクリニックに行くように言われ、検査費用も渡された。なかなか待遇がいい。

――いくつか注意事項がある。

写真を撮ったあと、田所は倖生の目を見て言った。

――まず、事務所を通さないで客と会うのは厳禁。客と直接連絡を取ることも絶対にしないように。トラブルの原因になるからね。それから、きみたちは『犬』として、ご主人様に可愛がられるのが仕事だ。肉体的、あるいは精神的な暴力を受けた時、そうなりそうな時には、すみやかに連絡を入れるように。もっとももうちはオーナーが客筋にはうるさいんでね、そういったトラブルは滅多に起きない。ああ、合意の上でハードな行為に及ぶなら構わないよ。SMプレイそのものは禁止事項ではない。SMなんか絶対にごめんだと告げると、田所は「わかった」と頷いた。ついでなので、相手は女がいいとリクエストすると、今度は「さあて」と口の端を引き上げる。

――約束はできないな。うちの顧客は圧倒的に男性が多い。

専用の携帯電話も支給され、支度金として十万円が渡された。もちろん後で回収されるが、これでまともな服でも買っておけということだろう。

だが倖生はその十万を、滞納していた家賃に回した。どうせ脱ぐ服だというのに、新調しても意味がないと思ったからだ。

待機したのは数日。

思っていたより早く、田所からの連絡が入った。相手は男で、新規の客。身元はしっかりしているという。互いに初めてというケースは稀《まれ》なので、田所は「パスしてもいいよ」と言っていたが、倖生は行くと答えた。金はなるべく早く欲しいし、どうせいつかは掘られる運命ならさっさとすませたほうがいい。

そして今日、真夏日となった今日——倖生は轡田を訪ねたのだ。

「私は『犬』を呼んだはずだが」

轡田は抑揚のない口調で言った。

「そうだよ。俺が今から二時間あんたの犬だ。尻尾《しっぽ》は振れないが、ケツなら可愛く振ってやるぜ」

「男娼《だんしょう》を呼んだつもりはないと言ってる」

は、と倖生は乾いた笑いを漏らす。撫でて可愛がるだけで大金を払うバカなどいるものか。たとえばシュウには女性客もついているそうだが、マダムたちの目的は「可愛いワンちゃん」の巧みな舌技だ。性的な接触を持たなかったのは、話し相手が欲しかった老婦人に呼ばれた時だけで、それは特例中の特例だと話していた。

「呼び方なんかどっちだっていいだろ。犬でも男娼でも」

「私に必要なのは犬だ。きみが男娼ならば帰ってくれ」

倖生は肩を竦《すく》める。いきなりチェンジを食らっては、今後の仕事に差し支えるかもしれない。仕方なく「じゃ、犬ってことで」と往《い》なした。どうせやることは一緒のくせに、恰好《かっこう》つけた野郎だと内心で舌を出す。

やっと納得したのか、轡田は倖生に近づいた。

背中、肩、首と触れていく。まるで色気のない触り方だった。スポーツトレーナーに筋肉を確認されているみたいで、変な気分だった。上半身を確認した轡田はそのまま屈《かが》み込み、今度は臑《すね》、膝《ひざ》、太腿《ふともも》をチェックする。特に膝関節《しつかんせつ》の周囲は念入りに調べられた。

「大きな怪我をしたことは？」

反対の脚を触りながら轡田が聞く。

「ない。……ああ、ガキの頃、腕を折ったらしいけど」

「腕のどこだ」

「さあね。よく覚えていないくらい昔だから」

四歳か、五歳か。母親の恋人にねじ上げられてポキリといったのだ。いつも口が臭い、酒浸りの最低男だった。

その後母はその最低男と別れ、また別の最低男と一緒に暮らし始めた。何度もそんなことを繰り返し、最後は自分も肝臓をやられて死んだ。倖生が十一の時だ。

轡田が立ち上がる。下を向いていたために乱れた前髪を直し、もう一度首を……というよりも、喉を触った。

「長い首だ。……なるほど、ボルゾイだな」

手のひらで撫で上げられ、倖生の喉仏がコクリと上下する。首は鍛えられるが、喉仏だけは鍛えようのない急所だ……格闘技をやっている奴がそう言っていたのを思い出し、背すじがぞわりとした。

「気に入らないならチェンジできるけど」

早口になってしまったのは、なぜだろう。

「いいや。気に入った」

無表情のままあっさり言い、轡田は倖生から少し離れた。ふぅ、と息をついたことで、自分が呼吸を詰めていたのだと知る。

「腹筋が足らなそうだが、骨格は申し分ない。……ボルゾイはいい犬だ。大きいが動きが敏捷《びんしょう》で、アーチ形の背中が美しい」

「ここ、本物の犬は？」

「いない。……昔はいたが」

ローテーブルに置いたチョーカーを手にして、轡田が答える。

「へえ。なんで飼わないの？　犬好きなんだろ？」

「死ぬからな」

「え？」

「犬の寿命は人間より短い。死ぬところを見たくないから、飼わない。……ああ、これがしっくりくるようだ」

轡田が選び取ったのは黒いチョーカーだった。

銀色の金具を外し、倖生の長い首に巻きつける。

そうか──そういうことか。この段になってようやくこれがチョーカーではないことに気づき、倖生は自分の鈍さに呆《あき》れた。確かにこんなデザインのアクセサリーはたびたび見かける。だが違う。これは、首輪だ。

「よく似合う」

黒い首輪を塡《は》められた倖生を眺め、轡田が初めて笑った。

ぞくりとした。怖かったわけではない……いや、怖かったのだろうか。よく口元だけで笑う者がいるが、轡田はそうではない。

彼は、目だけで笑う。

その瞳の奥深くで、ゆらりと炎が揺れるように笑うのだ。

「座りなさい」

言われるままソファに座ろうとした倖生は「違う」と制される。なにが違うのかと顔を上げると、轡田がはっきりと首を横に振った。

「犬はソファに上がってはいけない」

ひどく冷たいのに、不思議と熱心な声が告げた。

「よく聞きなさい。犬と人間の共存にはルールが必要だ。きみは私の犬になった以上、そのルールを守らなければならない」

轡田がすぐ横に立った。大きな手が、倖生のうなじに触れる。

「細かなルールは多くあるが、原則はたったひとつ」

グッと圧をかけられる。強制的にお辞儀をさせられる形で倖生の上半身が傾き、それに抗《あらが》おうと首に力を入れた瞬間、ふいうちのように膝の後ろを軽く蹴られた。

「……っ！」

いとも簡単に、膝が床につく。

「つまり――私の命令は絶対だということ」

轡田はなお、倖生のうなじを押した。

革の首輪が食い込む。前屈みに体重をかけてくるので、倖生は上体を保持するのが難しくなる。床に両手をついて身体を支えるしかなかった。

床に這っているのだと自覚した途端、カッと頭が熱くなる。

それが怒りなのか羞恥《しゅうち》なのか、あるいは両方なのか考える間もなく、今度は背中を強く押し下げられる。このままだとまるで『伏せ』の姿勢だ。冗談じゃないと身を捩《よじ》って抗う。

「なにすんだよっ、やめ……」

「犬は喋《しゃべ》らない」

ぴしゃりと言われ、倖生は絶句する。

頭に上った血はまだ引かない。唇が震えているのが自分でわかった。

こいつ、変だ。

ふざけるな。本気で俺を犬扱いする気かよ。金さえもらえればおまえと寝るが、ワンちゃんごっこにつきあう気はない——。

すぐに頭を上げてそう怒鳴るべきなのに、身体が動かない。

今や轡田の手は倖生の後頭部にあった。伏せた身体を起こそうとする時、最初に上がるのは頭だ。頭部の動きを制御されてしまうと、人間は首から下を動かせなくなってしまう。加えて怒りのあまり、倖生は軽いパニックに陥っていたから尚更だ。自分の身体なのに、うまく制御できない。

「……そうだ」

轡田の声が上から落ちてくる。

「少しずつ、教えてやろう。きみがよい犬になるならば、私は手間と時間を惜しまない。もちろん愛情もだ」

言葉とともに、轡田の指が倖生の髪の中に入ってくる。

思いのほか強い力で五指が頭皮を探り、手のひらが再び圧をかけてくる。次第に近づく床を、倖生は信じられない思いで見ていた。

ついに、倖生の額は着地する。

這い蹲《つくば》っている。

「名前はユキにしよう」

コルクの床材を額に感じながら、倖生は轡田の声を聞いた。

どうしてこんなことになるのだ。俺はいったいなにをしているんだ。

犬、そう、犬……確かに犬として派遣されてきたけれど、こんな意味ではなかったはずで——ペット、愛玩動物、そんなのはただの名目で、ようするに身体を売るわけで、それは承知していたけれど。セックス絡みの要望ならば、多少無茶でも諦めて従うつもりだったけれど。

混乱が頭と身体を駆け巡る。

この熱はなんなのだ。

単純な怒りではない。羞恥と屈辱を加えても、まだ説明がつかない。いつのまにか荒くなっている自分の息が床に当たり、湿りを帯びて返ってくる。

「ユキ」

轡田が呼ぶ。

頭を押さえる手は、もうほとんど力など入っていない。それでも倖生は身体を起こすことができなかった。身の内で狂う異様な熱に筋肉が強《こわ》ばり、関節は脳の命令を拒絶する。

「約束しよう」

倖生の頭を押さえつけたまま轡田は言った。

「私はきみを、美しく賢い犬に躾《しつ》ける」

屈辱感は金に換算できるものだろうか。

羞恥とプライドを無視するためには、いくら必要なのだろうか。

確かに初日の二時間だけで、倖生は家賃に近い額を稼いだ。それでも金ですべてが解決するはずもない。帰り道、膝と手首に残る違和感に顔をしかめながら、二度と来るものかと奥歯を軋《きし》ませていた。

犬。

犬になって、相手の命令に従う。

もちろん初めての経験だった。よく二時間保《も》ったと我ながら感心する。

今日だけだ。今日だけ、我慢しようと思った。支度金で払えた家賃は滞納ぶんだけ。今月の振り込み日が近づいている。他の客で稼いでもいいが、次の客がシャワーも使わないまま、顎が外れるまでフェラさせるオッサンだったらどうする？　ワンちゃんごっこのほうがまだマシかもしれない。

それに、事情を把握する前とはいえ「犬でいい」と言ったのは倖生だ。今さらやめると言いだすのは悔しかった。変なところで意固地になった自分を何度も後悔しつつ、それでも最後まで轡田の相手をした。

さんざんな一日だった。

「何事も、基本が肝要だ」

轡田の重たい声が耳の奥に蘇《よみがえ》る。思い出したくないと思った瞬間、記憶の再生が始まってしまう。

「私の命令に従うこと。これが大原則なのはさっきも言ったとおりだ。次に気をつけるべきはふたつ。二本脚で立たない。そして、言葉を使わない」

倖生は四つん這いで、轡田は立っていた。だからその声はいつも上から降る。

「それからコマンドを覚えること。座れ《sit》、伏せ《down》、そのまま《stay》、来い《come》。これらはたびたび出てくる。反射で動けるようになるのが理想だ。今のきみの状態は立って《stand》そのまま《stay》、にあたる」

両膝をつき、両手首で上体を支える……倖生としては這っている感覚しかないが、犬ならばこれで『立って』いることになるわけだ。さらに『そのまま』が加わっているので、この姿勢のまま動けない。数十秒ならばともかく、しばらく経つとこの姿勢が人間に向いていないことがつくづくわかってくる。まず痛んでくるのは、手のひらの付け根と手首だった。

「腕だけで支えようとするな」

黒い鞭《むち》の先端が倖生の肘《ひじ》に触れた。ぎょっとして思わず声を上げてしまう。

「おい、なんだよ、それ」

「犬は喋らないと言っただろう」

「そっちこそ、鞭とか、そういうのはなしだぜ。俺は血が苦手なんだ。事務所からNG事項の連絡がいってんだろ」

「私はきみを打ったりしない」

しなやかな鞭の先を左手でなぞりながら轡田が言う。

「よい飼い主は躾《しつけ》に暴力など用いないものだ。この乗馬鞭は指示棒の役目を果たすだけ。きみが言うことを聞かなければ、威嚇として床を打つかもしれないがね」

「威嚇？　あんたね、いいかげんに……」

「お喋りな犬だな。黙りなさい《quiet》」

鞭の先が倖生の頰に触れた。やはり倖生はぎくりとしてしまう。轡田は打たないと言ったが、それが本当かどうかなど本人にしかわからないではないか。

鞭はすぐに頰を離れ、今度は腹部、ちょうどみぞおちあたりに軽く触れた。

「腹筋を使って身体を引き上げるんだ。腕だけに負担をかけると手首を痛める。肩を竦めるな。首を長く、顔は正面。そう……そのまま、私がよし《okay》と言うまで同じ姿勢で」

まるでスポーツクラブのインストラクターである。

少しでも気を抜くと、たちまち倖生の腹筋はだらしなく緩んでしまう。そのたび轡田に「みっともない」と背中を引き上げられる。

「……筋力が弱いな。理想的なのは骨格だけか」

呟き声にむかつき、目の前の轡田を睨《にら》み上げようとして驚く。立っている相手の顔が、やたらと遠く感じられた。

「次は sit だ」

轡田が倖生の背後に回る。

「そのまま上体を起こし、一度正座する。背骨を曲げず、腰からきちんと身体を起こし、それから脚を崩す。脚は両方同じ方向に流すか、あるいは片膝は立てていい。胡座《あぐら》は許可しない」

犬のように深くしゃがみ込んで股《また》を開く、あの『お座り』を要求されるかと思いきや、そうではなかった。言われた座り方を試してみると、両脚とも横に流すのは女々しい感じがしたし、立て膝のほうが楽だ。

「……ひゃっ」

「Quiet」

つい声を立ててしまったのは、尾てい骨に鞭が触れたからだ。

「立て膝でも背中が丸いのは認めない。骨盤を起こして身体を立てる。この骨からだ。背中を反らすな。正しい位置に力を入れなければ意味がない」

いちいち細かい男だった。じっくりと倖生の座りざまを検分し、やっと「多少ましになった」と呟く。くだらない犬ごっこのはずなのに、轡田はいたって真剣なのだ。

ダウンは四つん這いから、そのまま身体を伏せればいい。筋力を使わないという意味では楽だが、屈辱感が大きい。

ステイは一切の行動を制限するコマンドだ。次のコマンドがくるまで、動かずに待っていなければならない。倖生はこれが嫌いだった。シットのままステイを命じられると、一分も経たないうちにいらいらしてくる。疲れたとか筋肉がつらいとかではなく、じっとしていること自体が苦手なのだ。もぞもぞ動きだすと、轡田が呆れたような声で「落ち着きのない犬だ」と呟く。

「じっとしてんの嫌いなんだよ」

「無駄吠《ぼ》えも多い」

「しょうがないだろ、俺は犬なんかじゃ……」

「Quiet」

鞭の先端が唇に当たった。

「黙って、静かに五分座っていなさい。それが今日の課題だ。できるまで何度でも繰り返すから、そのつもりで」

はいはいわかったよ、五分だろ――。

さっさと終わらせるつもりの倖生だったが、この五分が思いのほか長かった。

最初は三分あたりでついたため息が、轡田のお気に召さなくてやり直しとなる。二度目は鼻の下を擦《こす》ったのがNG。それくらいいいだろうと文句を言ったら「指で鼻の下を擦る犬を見たことがあるのか？」と返されてしまう。

三度目、疲れてきた背中が丸くなってやり直し。

四度目、小さくあくびをしたのがばれてやり直し。

五度目の途中で尿意を催した。そういえばトイレはどうするのだろうか。

まさかペットシーツを敷いて、その上でしろなんて言われるのでは……そんなことを考えているうちに、もぞもぞ動いてしまい、またしても「だめだ」と言われる。

「……あのさ」

「何度言ったらわかる。喋るな」

「いや、その……トイレ行きたいんだけど」

轡田が「ああ」と小さく頷く。

「ついてきなさい。……誰が立っていいと言った。犬が二本脚で歩くか？」

早くトイレに行きたかったので、ここは逆らわずに這って行く。他人の踵《かかと》が目の前にあるのが妙な気分だった。轡田は靴下もスリッパも履いておらず、裸足《はだし》である。

「トイレは玄関の近くにもあるが、犬が使うのは奥のほうだ」

リビングに隣接しているキッチンを抜け、さらに奥へと進む。各部屋を仕切る扉はほとんど開放されていて、どこにいても涼しい。セントラルエアコンってやつだなと倖生は思った。天井を見て確認しようとして、気がつく。四つん這いだと、真上を見るのはものすごく難しい。

廊下の一番奥にあった扉の前で、轡田は止まった。

「トイレに行きたくなったら、私を呼んでこの扉の前に座りなさい。扉を開けるのは私の役目だ。自分で開けたりしないように」

「どうやってあんたを呼ぶわけ？　わんわん吠えんのか？」

「……なにをしたらその口を塞《ふさ》げるものかな」

これみよがしのため息をつかれて倖生はむっとした。口を使わずどうやって聞けというのだ。

「無駄吠えは嫌いだと言っただろう。私の犬は喋る必要はない。要求があれば、私を見ればいい。私がよそを見ている時は、服を咥《くわ》えて軽く引く。おそらくその必要はほとんどないがな」

「……なんで」

「私はいつも、私の犬を見ているからだ」

片膝をつき、視線の位置を近くして轡田が答える。

「私の犬がなにをしているか。空腹ではないか。喉は渇いてないか。いたずらをして怪我をしてないか。この家にいる間、私はいつでもおまえを見て、おまえを気にしている。健康状態は悪くないか。毛艶《けづや》は……最悪だ。近いうちに染め直そう」

髪に触れられる。呼び方が『きみ』から『おまえ』に変わった。

視線が合う。轡田は相変わらずにこりともしない。静かで冷たい目をしているが、排他的ではないし、見下した感じもない。おそらく誰に対してでも愛想の悪いタイプなのだろう。

　奇妙な男だった。

　本当に倖生を抱く気はないらしい。あくまでワンちゃんごっこに徹する気で、しかもいわゆるＳＭプレイの犬を求めているわけでもない。態度や視線から、性的な欲望を感じないのだ。なんだって彼は、こんな遊びを思いついたのだろうか。

　扉を開けると「入ったら、立っていい」と言った。

「私はすぐリビングに戻るから、扉は開けたままにしておくように。トイレの中のことまでは干渉しない」

「なんで開けたままなんだよ」

「……犬は扉を開け閉めしないからだ。いいか、次に喋ったら、その口にガムテープを貼るぞ。それがいやならしっかり閉じていろ」

　肩を竦め、這ったままで中へ入る。

　大きな洗面台まで備え付けられた、広く清潔な空間だ。入ってすぐ、つまりまだ倖生が膝を付けている部分には小さなマットが敷いてあり、そこから先は白いタイル張りだった。

言葉通り、轡田はすぐに姿を消した。

やれやれと立ち上がり、少しだけふらつく。舌打ちしながら用を足し、手を洗ってトイレを出る。廊下で少し考え、倖生は自ら膝を床につけた。二本脚のまま轡田の前に出ていけば、どうせまた文句を言われる。廊下は天然木のようだったが、中央にはコルクマットが一本の道のように敷かれており、そこを辿《たど》れば膝が痛まない。

手のひらにコルクを感じながら倖生は気がついた。

これはあとから張り付けたコルクマットである。しかも新しい。犬のために……いや、犬になる人間のために変えたのだ。ならばリビングの床も？　確かにコルク床は新品の手触りだった。だがコルクの上に家具がきちんと載っていたし……つまり、廊下よりもっと大がかりに床を張り替えた？

「……マジかよ……」

思わず呟き、ハッとして周囲を確かめてしまう。轡田の姿がなくてホッとし、そんなふうに安堵《あんど》する自分にげんなりした。あのだいぶおかしい男の毒気に、早くも当てられているのだろうか。

這ったままリビングに戻ると、轡田は「訓練を続ける」と静かに言った。

そして再びのステイ訓練だ。あともう五分直前での失敗が二度続いた時、倖生はつい、「やってらんねえ」とぼやいてしまった。

轡田には聞こえない程度に抑えたつもりだったが、地獄耳の男はこちらを睨む。そして本当にガムテープを取り出してきて、倖生の口に貼りつけたのだ。

「んぐっ」

「外すなよ」

ピン、とガムテープの端を指で弾《はじ》いて轡田が命ずる。

紙のガムテープは、実のところさほどの粘着力はない。しかも、手を拘束されているわけでもないのだから、取ろうと思えばすぐに取れるのだ。だが次にダクトテープなど持ち出されても困る。腹は立ったが、頭の中で「家賃家賃」と唱え、そのままにしておいた。鼻だけで呼吸するのは、思っていた以上に苦しい。

時間は刻々と過ぎていく。

もう何度目のステイかわからない。

脚がジンジンと痺《しび》れるのは、伸縮しないデニム生地が血行を阻害しているからだろうか。背中のしんどさは驚くほどで、これは相当真剣にならないとエンドレスだと倖生は悟った。

乏しい集中力を絞り出し、やっとのことで五分間のステイを保つ。

「Okay, good」

轡田は初めて倖生を誉め、屈み込んで頭を撫でる。

ガムテープを慎重に剝《は》がし、倖生にクッションを与え、横になってリラックスするのを許した。倖生はほとんど崩れるようにして、クッションに顔を埋《うず》める。頰を滑らかにいたわるクッションカバーはシルクだろうか。

疲れた。

想像以上に、くたくただった。

「痛いか？」

脱力した倖生の手首を取り、轡田が聞く。痛いに決まってるだろと答えたかったが、もうガムテープはごめんなので軽く頷くだけにしておく。

「あとで湿布を貼ってやろう。……少しずつ慣れてくるはずだ。這う姿勢にも、喋らないのにも、犬の生活にも」

慣れてたまるかよ、そんなもん。

心では反発しているのに、身体のあちこちを撫でる轡田の手にうっとりしてしまう。一種の達成感はあった。五分間いい犬でいられましたという達成感だ。

くだらないにもほどがあるが、これで今月の家賃はクリアだ。

「今日はそろそろ時間だ。次回は Pick up の練習をしよう」

それはもしかして、取ってこい、というやつか。オモチャやボールを飼い主が投げて、犬がすっ飛んで咥えて戻るというあれか？

洒落《しゃれ》にならない。これ以上つきあえるか。

そのうち空中でフリスビーをキャッチしろと言いだすんじゃないか。

倖生の背中をゆっくりとさすり、轡田は言った。

「ボルゾイは私の憧れだった。ずっと飼いたかった犬だ」

傷んだ髪に指が入ってくる。地肌をやんわりと揉《も》まれ、なんだかこのまま眠ってしまいそうだった。どうかしている男の手を振り払う力がもう残っていない。

「多少の手間がかかるのは、仕方ないだろう」

ふざけんなよ、なに言ってやがる——そう思うと同時に、二時間後にセットしておいたスマホのタイマーが電子音を立てる。

タイムアップ。ワンちゃんごっこはお終《しま》いだ。

二本の脚で立つと、膝の関節がポキリと鳴った。轡田に言ってやりたいことは山とあるのに、うまく言葉が出てこない。一方の轡田も、人間に戻った倖生にはこれっぽっちも興味がない様子で、さっさとリビングから消えてしまう。支払いは Pet Lovers の事務所を通して行われるので、用はないのだが……お疲れ、の一言もねえのかと腹が立つ。

「人としてどうなんだよ、それって。ろくでなしの俺にこんなこと言わせるなんて、マジでヤバいぞあいつ。とんだ変態を紹介してくれたたな」

倖生のクレームに、電話の向こうで田所は笑った。

『なかなか刺激的な初回だったようだ。なるほど、確かに特殊な顧客ではあるが……害はなかったんだろう？』

「害？」

『暴力を振るわれたとか』

「それはなかったけど……あんなふうに犬扱いするなんて異常だろ」

『なにが異常でなにが正常か、それを決めるのは難しいものでね』

「俺がヘンだと思ったら、異常なんだよ」

『きみの感性を否定する気はないが、少なくともうちの規約には触れていない。もちろん耐えられないと言うなら、別の子を派遣する。犬のふりだけしてセックスはなし、しかも飼い主は躾《しつけ》に熱心だが、あくまで紳士的。……その条件ならば、喜んで行く子は多いだろう』

「ああ、そうしてくれ。俺は二度とごめんだ」

そう言い捨てて、倖生は電話を切った。

本気だった。

その時は、確かにやめるつもりだったのだ。

2

暑い。

胸の間を、汗が流れる。

「Fetch」

放られるのは犬用のボールだ。

色は赤。素材はラテックスで、大きさは握り拳《こぶし》よりもひとまわり小さい。

倖生はそれを追う。リビングの壁でバウンドし、転がるボールを追いかける。

軽やかに、とはいかない。人間の脚は、這って動くにはあまりに長すぎる。そんな

当たり前のことを、今日何度思ったかわからない。

たった数メートルの距離がやけに遠い。

這った状態だと二倍にも三倍にも感じられるのだ。

あちこちへと弾みながら、やっと落ち着いたボールをまず顎の下に引き入れて固定

する。少しでも油断すると、ボールは再び転がりだしてしまう。

しっかりと顎で押さえたままで、倖生は呼吸を整えた。汗がこめかみを伝うのがわかる。暑い。すごく暑い。理由はふたつある。ひとつはもう幾度となくボールを追っているから。もうひとつは、冷房が切ってあるから。
裸の上半身は毛穴から滲む汗で光っていた。
下半身をゆったりと包み、裾《すそ》だけを絞った、白いハーレムパンツを穿《は》いている。膝関節を布地が邪魔することがないので確かに動きやすい。中に下着をつけることは禁じられたが、肌が透けるほど薄い素材ではなかった。

「Come」

轡田の声だけが、涼しい。

窓を開け放ったサンルームの籐椅子に腰掛け、身につけたリネンの開襟シャツとスラックスはやはり黒だ。風もあまりない日だというのに、汗ひとつかいていないように見える。小ぶりなティーテーブルにはクラッシュアイスをたっぷり入れたピンクレモネードのグラス、そして皿が一枚置いてある。

ちくしょう。

ボールを咥えながら倖生は思う。小さめなボールではあるが、人間の顎と犬の顎は構造がまったく違う。うまく嚙みつけなくて、ボールはころころと逃げてしまう。自分のよだれにまみれたボールを追い、もう一度あんぐりと口を開けた。

コキッ、と顎の関節が音を立てる。

くそ、俺はいったいなにをやってるんだ。

こんなくだらない真似をどうしてやめないんだ。

「Come」

轡田が繰り返す。大声ではなかったが、いくらか強い調子のコマンドになっていた。

うるせえよ、黙れ――内心で悪態をつきつつ、倖生は苦労してボールを咥え直し、怠《だる》くなってきた四肢で轡田の足元に急ぐ。

八月。最初に這わされた日から二週間が過ぎていた。

その間、轡田は三回倖生を呼び出し、今日が四回目だ。結構な頻度である。一日あたりの拘束時間はいつも二時間。内容はといえば、立てだの座れだの待てだの取ってこいだの――そんなことばかりである。

準備行動《プレパレーション》は毎回決まっていた。

まず、リビングに入る前に、六畳ほどの小部屋で支度をする。小部屋、と呼んだのは轡田であり、倖生にしてみれば自分の住まいと変わらない大きさの部屋だ。服を着替え、身体を軽く解《ほぐ》す。特に手首のストレッチは念入りにするようにと言われた。

支度が整ったら、小部屋を出る。

近くにトイレがあるのですませておく。犬になった時に使うトイレとは別だ。

リビングの前で轡田が待っている。この時点で、身体にどこか不調があるならば事前に申告する。どんな細かいことでも伝えるようにと言われていた。寝違えて首が痛いだとか、太腿を虫に刺されただとか、その程度のこともだ。

それがすむと、倖生は廊下に膝をつき、上体を起こしたままで首輪を塡められる。

金具の留まるパチンという音が合図だ。

その瞬間から、倖生は犬になる。尻尾のない犬になる。

どうしてやめなかったのか。なぜ、田所にまた電話をして「ほかの奴を紹介するのは待ってくれ」と言ってしまったのか。

もちろん金の問題は大きい。Pet Loversでは顧客によって支払額が違い、それだけを考えれば、轡田はとびきりの上客といえた。

だが金が理由のすべてではない。

倖生は確かめたかったのだ。

最初に這い蹲《つくば》った時に感じた、血も沸くほどの熱の理由を。

空っぽだと思っていた自分の中に見つけた、言葉では説明のつかないあの感覚の正体を、だ。怒りに近いそれは確かに不快だったのだが——いや、不快だからこそ、ひどくリアルだった。

見えないし、触れられないし、理解できないのに、確かにそれは存在していた。

静かに腐ってゆく、ぬるい水のような倖生の人生で、あまりに強烈に、鮮やかに、そこに在って……それによって倖生は思い出しすらした。

自分が生きているということを。

間違いなく生きているという感覚を。

繰り返すが、腹が立ったし、これっぽっちも楽しくなどなかったのだ。だが自尊心を傷つけられたかといえば……プライドが砕け散ったかといえば……無傷ではないにしろ、たいした痛手ではなかったのが正直なところだ。犬のように這わされたのに、喋るなとガムテープを口に貼られたのに、数日経つとどうでもよくなってしまった。

倖生自身、混乱していた。

実はワンちゃんごっこに適性があるのか？　多少Ｍっ気があったりするのか？　ぐるぐる考えたが答は出なかった。だからとりあえず二回目は行ってみることにした。

そして二度目のあとも、やはりむかっ腹が立ち、後悔した。三度目はないぞと唇を嚙んだ。なのに次の呼び出しにも応じてしまった。コルク床を這い回り、命令を聞き損ねては嘆息され、歯嚙みする思いでこれが最後だと心に誓う。

三度目も同じことが繰り返され——そして今日も来てしまったのだ。

どうして呼び出しに応じ続けるのか、もはや倖生は自分でもわからない。

轡田がぬるぬるのボールを受け取り「Good」と誉める。

命令を遂行すれば、必ず誉められる。ただし、感情はこもっていない。

そのへんは倖生も同じことで、喜んで命令に従っているわけではないし、誉められてもべつに嬉しくはない。仕事だ、金のためだ、というオーラが全身から立ち上っていることだろう。

ああそうか、とふと気がついた。

どうやら自分は轡田に負けたくないらしい。相手は客なのだから勝ちも負けもないのだが……妙な対抗意識が芽生えているのだ。金のために犬にはなってやるが、おまえの望むままの犬にはなってやらねえ……言葉にすると、なんだかひどくくだらない。

けれどそれが、せいぜい倖生の持てる矜持《きょうじ》ということなのだろう。

轡田が気に食わない。

金持ちで、健康で、容姿にも恵まれ、なのにひどくつまらなそうな顔で生きているこの男が気に食わない。

「Sit」

轡田が自分の足元を示して座れと言う。

「……今日は暑いな」

倖生に話しかけているというよりは、独り言のように呟いて水滴だらけのグラスを取る。

「濡れた」

右手に持っていたグラスを左に持ち替え、右の五指をぱらっと振る。

細かな冷たい水滴が倖生の身体にかかり、思わず目を閉じた。

冷たい雫《しずく》は口の端にも数滴つく。それを舌で舐め取りたい欲望と必死で闘いつつ、倖生は内心で轡田を罵《ののし》った。

――この野郎……。

わざとだ。

倖生がどれほど暑くて、どれほど喉が渇いているかを知っていて、わざとこんな真似をする。前回、倖生が皿から水を飲むのを拒んだためである。

舌を出し、ぺちゃぺちゃと水を舐める所作には大きな抵抗があった。

むしろ犬食いのほうがマシだ。口に入れて咀嚼《そしやく》するという行為は人間と犬とで大差はない。水の飲み方のほうが違いが大きい。少なくとも、倖生はそう感じるのだ。

だから従わなかった。

飲め、というコマンドはない。喉が渇き、腹が減るのは犬のほうで、飲食の強要をする必要はないからだ。飲むのを待てというステイと、それを解除するOKならば命令としてある。前回も、轡田は繊細なレリーフつきの高そうな器を出して「飲みなさい」と言っただけだった。

　倖生はそっぽを向いて、絶対に口をつけなかった。

　二時間ならば、水を飲まなくても耐えられる。轡田はしばらくじっと倖生を見ていたが、やがて皿を片づけ、別のコマンドを与えた。

　そして今日である。

　故障したわけでもなかろうに、冷房がついていない。

　おまけに拘束時間は三時間、そのうえ『取ってこい』が果てしなく繰り返される。

……本当に、いやな奴だ。

「このメーカーには」

　テーブルに置かれたままの瓶を眺めながら轡田は言う。

「何種類かのレモネードがあるが、私が一番好きなのはフレンチベリーレモネードだ。レモンの味に苺が加わって、華やかな香りになる。残念ながらこのへんではあまり売っていないが」

　うるせえよと言えたら、どんなにすっきりするだろうか。

　だが犬は口を利かない。ここで行われる一連のワンちゃんごっこを、倖生はゲームとして捉《とら》えることにした。そうすれば多少、自分の中で納得がいく。ならば『犬役は喋らない』はゲームのルールであり、それを破った者は負けとみなされる。轡田に負けるのはごめんだった。勝って、金を毟《むし》り取ってやる。

「まあ、このピンクレモネードも悪くない」

轡田はごくごくとグラスの中身を飲み始めた。

グラスの中、減っていくレモネードを見上げて倖生の喉仏が上下した。喉粘膜の水分が失われ、べたべたして不快だ。爽《さわ》やかな炭酸で洗い流せたら、どんなに心地よいことだろう。

あっという間にグラスは空になる。

轡田は吐息をひとつついて、自分の額を軽く撫でる。いくらかは汗をかいているらしい。その手を胸のポケットに収めたハンカチで拭《ぬぐ》ったあと、テーブルの上にあったボトルを手にした。

まだ半分弱ほど残っている。

ちゃぷ、とボトルを揺らしながら、軽く眉を上げる。

「欲しいか？」

倖生は視線を逸らした。

ここで頷けば、皿でレモネードを飲む羽目になるだけだ。

「いらないのか。なるほど、まだ喉が渇いていないらしい」

硬い音がする。轡田がボトルをテーブルに戻したのだ。その直後「おっと」と声がして、タンッとボトルが横倒しになった――もちろん、これもわざとだ。

ぱちぱちと、炭酸特有の弾《はじ》ける音。

テーブルからサンルームの床へと細い水流が形成された。すがすがしい柑橘《かんきつ》の香りは至近距離で倖生を誘惑し、口の中でもう涸《か》れ果てたと思っていた唾《つば》が湧く。

「ああ、床が汚れてしまうな」

轡田が身を屈め、テーブルの下にやや深さのある皿を出した。

縁にレリーフを施したそれは犬用……つまり倖生の皿だ。

薄いピンクの液体は細い滝となって、磁器の皿の上で跳ね飛び、倖生の目の前にレモネードの水たまりができる。

飲みたい。飲めない。……飲むわけにはいかない。

倖生は這ったまま一歩後退し、皿から目を背けた。

「ユキ」

轡田のつま先が皿の縁に当たり、つい、と倖生の前に押し寄せる。

「飲みなさい」

姿勢を低くしたままさらにもう一歩下がり、拒絶の意を伝えた。轡田は倖生の歯形だらけになったボールを弄《もてあそ》び「遊び足りないか？」と意地の悪い声を出す。

「時間はまだずいぶん残っている……痩せ我慢を続けたところで、脱水症状を起こすのが関の山だぞ」

籐椅子の軋《きし》む音に倖生は顔を上げた。

立ち上がった轡田が、命令に従わない犬を見下ろしている。冷たい炎を抱えた瞳に射《い》貫《ぬ》かれ、それでも倖生は皿に顔を寄せはしなかった。

影が動く。

轡田が片膝をついて、倖生の顔を見た。

「なぜ躊躇《ため》らう？　おまえは犬だ。犬が皿から水を飲むのはあたりまえだろう？」

犬なんかじゃない――そう言い返せない口惜しさと、言い返すことの無意味さ。

「私が欲しいのは犬だ」

「……っ」

後頭部の髪をギュッと摑《つか》まれ、顎が上がった。

「いやいや犬のふりをする人間ではない。犬が欲しい。ユキ、おまえは犬だ。美しいボルゾイだ。犬なのに、なぜ犬のように水を飲めない？」

「……うっ……」

力任せに頭を押し下げられる。倖生は満身の力で首を支えようとするが、その努力は無駄に等しかった。轡田は体重をかけるようにして、少しずつ、だが確実に倖生の顔を皿に近づけていく。炭酸の弾ける音が、だんだんと近くなる。

なに意固地になってるんだ、と誰かが囁く。

こんなのはゲームだろ？　犬になって金をもらうゲームなんだろ？　ルールがひとつ増えただけだ。皿の水を舐めるってルールが。いやならばやめればよかった。チャンスは何度もあったじゃないか。なのにおまえは、自分の選択でまたここに来た。なら這い蹲って、皿を舐めればいい。

だいたい、なにが違う？　今までとなにが違う？

なにも詰まっちゃいない頭でなにも考えず、薄汚れた歓楽街で誰かの靴を舐めるように生きてきて、挙げ句の果てに身体を売ってるわけだ。おまえの人生はその程度だってのに、どうして今だけ抵抗してる？　そんなことは、無意味なのに。

わかってる。いやってほどわかってる。けれど逆らわずにはいられない。皿に舌を突き出した瞬間、自分が変わってしまいそうで怖い。自分をなくしそうで……怖い。

乱れた髪の一房がレモネードに浸る。

もう鼻の頭がピンクの池に接するのも時間の問題だった。

だめだ、だめだ——ちくしょう。

その時、倖生の中で小さな爆発が起きた。

後先など考えず、皿の縁に噛みつく。ガチンと癇《かん》に障る音と、エナメル質に伝わる衝撃。つるつる滑る磁器は、縁のレリーフがなかったら咥えられなかっただろう。

「ユキ？」

驚いた轡田が頭から手を離した隙を逃さず、皿を振り上げた。レモネードが零れて、顔を濡らす。頬に冷たい炭酸が走る。皿をしっかりと咥えたまま思い切り顔を仰け反らせた倖生は、次には床に叩きつけるべく、思い切り振り下ろす。

「やめろ！」

轡田が、初めて大声を上げた。

だがその命令は間に合わなかった。サンルームの床はコルクではない。硬いフローリングに衝突し、派手な音を立てて皿が割れ、破片は飛び散る——はずだった。なのに、倖生が想像していたほどの音は立たない。間違いなく割れてはいるのだが、粉々に砕け散るはずの破片も存外に少なかった。

なぜなのかはすぐにわかった。

轡田が床と皿の間に手を差し入れたのだ。完全に皿を守るには至らなかったが、その手がクッションとなって、皿への衝撃が半減してしまった。

床に零れたレモネード。

その水たまりが赤い——はっきりと、赤い。

ぽたぽたと、深紅の雫《しずく》が落ちる。

「なんて無茶を……怪我をしたらどうするつもりだ！」

声を荒らげた轡田が、呆然としている倖生の顔を上げさせる。

真剣な表情で倖生の上半身を起こし、顔を調べた。幸い、咥えた部分が砕けて唇を切るようなことはなく、破片が飛び散った時、顔に小さな擦り傷がいくつかできたくらいだ。

倖生は驚きで身体が固まってしまい、轡田にされるがままだった。

自分はたいして怪我をしていないはずなのに、顔がぬるぬるするのはなぜだ？

はっきりと血の臭いがするのはなぜなのだ？

「目は？　目に破片は入ってないか？　痛まないか？」

近すぎる轡田の右手は見えない。

だが、腕は見える。血の筋がいくつも走って、肘のカーブからパタパタと雫を落としている。かなり出血しているのは明らかだった。威勢がいいのは口先だけで、血を見るのが不得手な倖生は身体の強ばりがなかなか解けない。

「口を開けて見せなさい。切ってないか？　……ほら、じっとして！　この血は……ああ、これは私の血か。おまえではないな？　ここは……頬が少し切れてる……」

自分が怪我をしていることなど、まるで頓着《とんちゃく》せずに倖生の心配ばかりをする。一通り調べ終えて浅い掠り傷しかないとわかると、やっと安堵した顔を見せた。

倖生の髪を撫で、胡座をかいて座る。

その頃には轡田の右肘から先は血まみれといっていい状態だった。

「悪い子だ」

轡田が深いため息をつく。倖生はやっと我に返り、手を使ってはいけないというルールを忘れて轡田の右手を取った。手のひらにザックリと食い込んだ傷は中の肉が見えるほどの深さだ。まともに見てしまった倖生は軽い吐き気すら催す。小さく震えている倖生を見た轡田は「たいしたことはない」と言い、自分で傷を確認する。

「……いくらか、縫うかもな」

動揺の片鱗《へんりん》もない声でつけ足す。

「……い……」

医者に行かないと。そう言おうとした倖生の唇に、轡田の赤い人差し指が触れる。

「犬は喋らない」

この期に及んでも、まだこの男は犬ごっこをやめていないのだ。

轡田は胸ポケットのハンカチを取り出し、それを傷口に当て、止血のためにギュッと押さえた。ゆっくりと立ち上がりながら、皿の破片とレモネード、そして血液で汚れた床を眺めて「やれやれ。掃除が大変だ」などとのんきなことを呟く。

「今日はここまでにしよう。おまえの顔を血だらけにしてしまったから、洗面所で洗いなさい」

倖生は相変わらずぺたんと座り込んだまま、かろうじて頷く。

「喉も渇いているだろう。私は医者に行くから、冷蔵庫から好きなものを飲んで、少し休んでから帰りなさい」

轡田は止血した手を心臓の位置より上げたまま、まるで何事もなかったかのような顔で玄関へと向かう。一度消えたかと思うとまた顔を出して「オートロックだから、鍵はかけなくていい」と言い添える。

倖生はカクン、ともう一度頷く。

玄関の閉まる音が聞こえてしばらくしてから、やっとよろよろと立ち上がり、言われた通り洗面所に向かう。

鏡に映る血まみれの顔を見て、気が遠くなりかけた。

「……なんで、だよ?」

呟きながら、顔を洗って血を落とす。

次第に薄まる赤い水が渦巻き、排水口へと消えていく。

倖生には理解できなかった。これほど出血している自らには構うことなく、倖生の心配ばかりしていた轡田という男がわからない。倖生のせいで怪我をしたというのに、ただの一言も責めなかった。「悪い子だ」と言いはしたが、それは自分の怪我に関してではなく、倖生を危惧《きぐ》しての発言だった。

まるで、自分より倖生が大切であるかのように。

飼い主である自分より、犬である倖生のほうが……優先順位が高いかのように。

わからない。なぜそうなるのか、わからない。

唯一わかっているのは――これ以上は拒みようがないということだった。

次に皿を出された時、倖生はそこから水を飲むだろう。それがいやならば、二度とこの家に来てはならない。あの男に会ってはならない。

あまりにも危険だ。

轡田は、倖生を大きく変えてしまうだろう。


シュ、シュ、シュ、シュ――リズミカルな音が聞こえてくる。

芝の中央に設置されたスプリンクラーは細かい霧状の水分を撒き散らし、小さな虹を作っている。スプリンクラーの回転に合わせ、虹は現れては消え、また現れる。

うつつの夢にも似た光景の中で、倖生は水を飲んでいた。

コットンの白いシャツを羽織っていたが、それでもじりじりとうなじが焼ける。

九月に入ったがまだ秋の気配は遠く、今日はことさら残暑が厳しい。顔を上げれば、芝についた水滴が日差しにきらきら輝いて見える。ほんの一か月前には荒れ放題だった中庭は、今では見違えるほどの美しい庭園と化していた。

青々と柔らかい芝生に、色とりどりの花が植えられた花壇。

サンルームから続くのはウッドデッキのテラス、今倖生が水を飲んでいる場所だ。日よけのタープの下にはテーブルセットとカウチが据えられてある。モサモサしていた木々が手入れされてわかったのだが、轡田邸はカタカナのロの字が少し欠けた形になっており、中庭は外界からほとんど遮断されていた。

閉ざされた庭は完成したばかりだった。轡田が手のひらに傷を負った直後から、突貫工事が始まったらしい。通常は無理な日程だろうが、財力があれば話は別である。

それにしても暑い。

ごくごくと飲むことは叶《かな》わぬ水を、倖生は舌で掬《すく》い続ける。首が怠《だる》くなってくるが、喉の渇きには勝てない。

「ユキ」

轡田の声が降ってくる。

倖生は水を飲むのをやめ、ぴちゃぴちゃという水音も止まる。

顔を上げると、口の端から顎へかけて水が滴った。擽《くすぐ》ったかったので、首をぐるりと巡らせ肩口で口元を拭う。手は使わない。つい使いたくなるが、使ってはならない。轡田は木製の椅子から立ち上がった。どうやら移動するらしい。読みかけの文庫本と水の入ったボウルを持って、ウッドテラスを下りる。数歩進んでから、倖生を振り返り「Come」と呼んだ。

コマンドを受けて、倖生は進む。

もちろん四つ脚でだ。犬のように這って、芝を踏む。膝が、手のひらの付け根が、瑞々《みずみず》しい草を感じる。

轡田は欅《けやき》の木陰で足を止めた。この庭で一番大きな樹だ。芝に直接座り、自分のそばに水の入ったボウルを置く。美しい模様のボーンチャイナ……皿ではなくボウルになったので、咥えて持ち上げるのはもう無理だ。

倖生はボウルの前で轡田を見る。Stayと言われることはなく、水飲みを再開した。人間は犬のように口吻《こうふん》が突き出ていないので、置いた容器から水を飲むのはなかなか難しい。さかんに舌を動かしているうちに、頭を支える首が疲れてきてしまう。一度顔を上げてフゥと息をつくと、轡田がこちらをじっと見ているのがわかった。相変わらず表情からはなにも読み取れない。

指先が近づき、口元をそっと拭ってくれる。

と、同時に軽やかな電子音が聞こえた。

轡田のポケットに入っている小さなタイマーが作動したのだ。

「時間だ。ユキ、脚を前に出して座りなさい」

つまり四つん這いを解き、尻を地につけ、脚を投げ出して座れという意味である。

言われた姿勢を取ると、轡田は最初に倖生の手首を取った。手のひらについた土や芝を取り除き、爪の先や指の間まで細かく観察する。

「手首をゆっくり回して」

言われた通りにする。ずっと同じ方向に曲げていた筋肉が解《ほぐ》されて気持ちがいい。

「痛みはないか？」

倖生は轡田の目を見て瞬きをする。これがイエスの返事だ。

定期的にこういった休憩の時間を取る。這ったまま長時間過ごすのは、身体に想像以上の負担がかかる。頭の位置も通常と違うので脳貧血を起こしやすい。

轡田は倖生の身体状態について、驚くほど神経質だった。

たとえば庭に下りる時、倖生は当然裸足だが、轡田も決して靴をはかない。倖生が踏む地面の温度、芝の硬さなどを自分でもチェックしている。

「どこか痛い場所があったら、すぐに教えなさい」

やはり瞬きで返事をする。

最近は頷くことすら少なくなっていた。喋れないのにどうやって教えるんだよ……などと聞き返すこともうない。轡田を見て眉を寄せ、それから痛む場所を見る。それだけで充分に伝わるのだ。

轡田の犬になって二か月が経つ。今日で何回目になるのだろう？　夏の間はかなりの頻度で呼ばれたので、正確には覚えていない。

皿を叩き割ったあの日に、倖生が得た予感は正しかった。

倖生は変わった。轡田の手によって変えられてしまった。あるいは倖生に適性があったのか？　なんにせよ、倖生はもはや犬だった。

無意味な抵抗はすべてやめていた。

轡田といる間は犬になりきる——そう割り切れてからは意外なほど気持ちが楽になった。轡田も、倖生の変化を感じ取ったのだろう、扱いが優しくなった気がする。

轡田は感服するほどの細心さと、丁寧さと、辛抱強さで倖生を教育した。倖生が一定のルールを覚えるまで、根気よく躾《しつけ》を続けた。驚いた拍子に「あっ」と言っただけでも、罰を受けることになる。罰はしでかしたミスに応じて何段階か用意されており、軽い叱責《しっせき》だけのこともあれば、髪や首輪をクィと引かれる場合もある。首輪だと喉に圧がかかるのでちょっと苦しいが、暴力というほどのものでもない。優しい罰だ。倖生が今までの人生で与えられてきた罰のほうが、よほど不条理なものだとすら思う。

反省の意は姿勢で示す。

這ったまま姿勢を低くして項垂《うなだ》れ、ダウンの形を取る。これがごめんなさいだ。

反省していることがわかれば、轡田はいつまでも叱ったりはしない。実際、叱られるより誉められることのほうが多い。今日もヒール……轡田のすぐ後ろをついて歩くこと、が上手にできた時は「Good boy」と何度も頭を撫でられた。いい歳をした男が、頭を撫でられるという図もおかしなものだろうが、犬なのだから構わない。

轡田は倖生を『専属』にした。

『専属』になった『犬』は他の客を取れなくなるため、客はその補償料としてかなりの額を支払うことになる。その中の一定割合が倖生の取り分となる。倖生の銀行口座には、見たことのない額が振り込まれていた。これほど割のいい商売は滅多にないだろう。

再びタイマーが鳴り、休憩の終わりを告げる。

倖生は犬の姿勢に戻り、芝の上に丸く横たわった。

木陰に吹く風は心地よく、うつらうつらしてきた。轡田は時々倖生の背を撫でつつ、手にした文庫本に目を落としている。

今日は白いシャツと黒いラフなパンツだ。黒と白以外の服は持っていないのだろうかと思うほど、いつもモノトーンの男である。

半分眠りながら、ふと倖生は気がつく。

ここへ移動したのは、倖生のためだ。倖生が暑いだろうという配慮からなのだ。ウッドデッキにはタープがかかっていたが、時間帯によっては日陰の範囲が小さすぎる。椅子に座っている轡田はよくても、倖生はかなり暑かった。木のテラスは硬いので、手首と膝にも負担が大きい。ずっと這っている倖生にとっては、芝のほうが快適なのである。

リビングにも倖生への配慮がそこかしこに表れていた。

コルクの床は、いつも清潔で埃《ほこり》ひとつ落ちていない。

家具が少ないので、這っていてなにかぶつかるということがない。

リビングに二箇所、サンルームに一箇所、倖生が休むのにちょうどよい大きさの、気持ちの良いラグが敷かれている。また、観葉植物のほかに、小さな鉢花が増えていた。部屋のバランスから考えると背の低すぎる花たちは、犬の視点からならば一番綺麗に見える。

まるでここは、倖生のための空間のようだ。

人間でいる時でさえ、ここまで気を遣って扱われたことはない。

犬であるがゆえの不自然さと、犬であるがゆえの快適さ……そのふたつが倖生の中で渾然《こんぜん》一体となり、次第に境界がぼやけてくる。

倖生は知ってしまった。犬でいることは存外に楽だと。

この驚くべき事実は、もちろんすべてのケースに当てはまるわけではない。正しく言うならば、轡田の犬でいることはとても楽なのだ。ほかの客たちが自分の犬をどう扱うか、倖生は知らないし、知りたくもない。

こんな『犬』なら、悪くない——ある程度慣れてきた倖生は、今日はオール、つまり朝までの契約を交わした。『犬』として夜を過ごすのは初めてだ。倖生は多少緊張しているが、轡田はいつも通りの振る舞いだった。

しばらく芝生の上で眠った。

頭に触れられる感触に目覚めると、轡田は飽かずに倖生を見つめ、傷んだ髪をいじっていた。パサパサの金髪が恥ずかしくなり、軽く首を竦める。

轡田が立ち上がり、服についた芝を払う。

空を見て、小さな声が「積乱雲だ」と呟く。

なるほど、スカイブルーにもくもくと白い雲が湧いている。倖生には入道雲に見えるので、積乱雲と入道雲は同じものなのかもしれない。

犬になっていると、空がいつもより遠くに感じる。人間のように、両腕を広げて仰ぐこともできない。ただ、首を仰け反らせて見上げるだけだ。

「おいで」

手のひらで呼び、倖生を連れてリビングへ戻る。

倖生は芝まみれになってしまったので服を替える必要がある。サンルームの手前で轡田が新しい服を用意してくれるのを待った。もちろん、着替えも自分ではできない。

「Up」

命じられ、上半身だけを起こす。轡田が日差しを避けるためのシャツを脱がせてくれる。袖を抜かれ、自分が汗臭いことに気づいた。身体を拭《ふ》きたいなと思った瞬間、轡田は一度その場を離れ、濡らしたタオルを持ってきてくれた。どうして俺の希望がわかるのだろう――不思議に思った直後、そんなわけがないと悟る。単に轡田も倖生の汗臭さに気づいただけなのだ。そうに決まっている。

冷たい濡れタオルから、爽やかなミントの香りがする。エッセンシャルオイルが染み込ませてあるのだろう。上半身を拭われると気持ちいいのだが、腋の下だけはどうしても擽ったくて、つい身体が逃げてしまう。

「こら、じっとしてなさい」

軽く叱られてしまったが、轡田も本気で怒っているわけではない。そのへんの機微は倖生にも判別がつくようになってきた。

上を拭い終わると次は下だ。肌着はつけないように言われているので、なにもかもを晒《さら》すことになる。轡田は両脚を丁寧に拭ってくれたが、性器に触れることはない。

こんなふうに着替えさせられるのも、最初はそれなりの抵抗があった。

しかし、あまりに轡田が淡々としているので、抵抗を感じている自分のほうが恥ずかしくなってきた。まるで、医者の前で服を脱ぐのを躊躇《ためら》っている患者のようだ。そう気がつくと、なんだか馬鹿らしくなってきて、裸体を晒すことも平気になった。

犬なのだ。気にすることはない。

午後四時、軽食を与えられる。

キッチンから戻ってきた轡田がローテーブルに皿を置く。甘い匂いがふわりと漂い、倖生はクンと鼻を鳴らした。

たっぷり挟まった生クリームの間から、赤と黄色が覗いている。

苺と……桃だろうか。今日のメニューはフルーツサンドイッチらしい。

皮肉なもので、倖生が人間として暮らしている時の常食であるコンビニ弁当より、この家で犬として与えられている餌のほうが間違いなく上等だ。犬のほうが豊かな食生活を送れるだなんて、笑うしかない。

「Here」

呼ばれて、足元に座る。ソファに乗ってはいけない。

轡田は自分の手から餌を与えるのを好む。頭を下げないで食事ができるので、倖生にとっても好都合だ。小さく切ったサンドイッチを倖生の口元へと持ってくる。

さあ食べようと、口を近づけたところで、

「Stay」

意地悪なコマンドが与えられた。ステイは一切の行動を制限するコマンドだから、この場合は食べるという行動を制止されている。

鼻先の、フルーツサンド。

食べるなと言われると、ますます食べたくなる。

倖生は甘いものが好きだ。クリーム、チョコレート、ジャム……子供じみた嗜好《しこう》だと笑われるが、甘いものを食べているとなんだか気分が落ち着く。子供の頃、滅多に与えてもらえなかったのが原因かもしれない。

サンドイッチがさらに近づき、鼻の頭に生クリームがついた。

もちろん轡田はわざとやっている。

倖生は試されているのだ。きちんと飼い主の命令を守れるかどうかを。

確かに馬鹿らしいことだ。こんな犬ごっこになんの意味がある？

その疑問は轡田との時間を過ごすたび、倖生の中で繰り返された。そしていつも同じ結論が出る。意味なんかない。仕事なんだから、それでいいじゃないか。おとなしい犬のふりをしていれば稼げるのだ。

だいたい、世の中に意味のあることなど、どれほどある？

自分は有意義な人生を送っていると胸を張れる奴が、何人いる？ 鼻の頭を白くしたまま、倖生はじっと待った。こんな時、本物の犬はなにを考えているのだろうか。目の前の餌のことだけなのだろうか。

食べたい、食べたい、早く食べさせて。ご主人様、食べていいと言って。

……だとしたら、とてもシンプルだ。そのシンプルさが羨《うらや》ましい。

轡田の右手が伸びてきて、鼻の頭のクリームを取ってくれる。縫った手のひらにもう包帯はないが、まだ傷を保護するテープがある。指についたクリームをそのまま自分で舐めて、口元が緩む。笑ったのかもしれないが、よくわからない。倖生はまだ、この男がはっきり笑うのを見たことがない。

「OK」

たっぷり一分は待って、やっと許可が出た。

倖生はぱくりとフルーツサンドに食らいつく。口の中が生クリームでいっぱいになり、苺を奥歯で潰すと甘酸っぱい果汁の香りが広がった。犬用の一切れは小さすぎてすぐになくなってしまい、物足りない。ふたつ目からは焦らされなかった。軟らかく薄い食パンのサンドイッチはほとんど嚙む必要もない。倖生はあっという間に自分のぶんを平らげてしまい、皿の上は人間用のサンドイッチを残すだけとなった。

「いい食べっぷりだな。そんなにこれが好きか？」

　頷く代わりに、皿に鼻先を近づけた。

　行儀が悪いと叱られるかと思いきや、轡田は「仕方のない子だ」と人間用の一切れを、左の手のひらに載せて差し出す。笑ってはいないが、頬のあたりがリラックスして、機嫌がよさそうだ。

「食べなさい」

　今度は食パンを半分に切った大きさなので、手を使えない倖生には食べにくいサイズだった。

　首を傾け、はぐ、と倖生はサンドイッチの端を咥える。

　頬に轡田の手のひらが触れた。温かい。嚙み切っては咀嚼《そしやく》し、嚥下《えんげ》し、また嚙みつく。そのたびパンの間からはみ出す生クリームが轡田の手を汚した。やがてサンドイッチはなくなったが、零れたクリームが手の上にたっぷり残っている。

　つかのま、倖生はそれが他人の手だということを忘れた。

　どうしてそんな一瞬が訪れたのか、倖生にもわからない。とにかく目の前の白いクリームしか見えず、当然それは食べてもよいものだった。だから舌を出してぺろりと舐め取ったのだ。

　ビク、と轡田の手が震える。

はたと倖生も思い出した。これは轡田の手だ。自分は今、他人の手のひらについたクリームを舐めてしまったのだ。

顔を上げると、轡田も驚いたように切れ長の目を瞠《みは》っていた。けれど倖生の視線を察すると、すぐにいつも通りの無表情に戻り「もういいのか？」と聞く。

なにが轡田を驚かせたのだろうか。それが知りたくて、もう一度手のひらを舐めてみる。汚いとは少しも思わなかった。轡田がどれほど清潔な男なのか、この部屋を何日も這っている倖生が誰よりも知っている。だからぺろぺろと舐める。

轡田は倖生の好きにさせ、クリームは次第になくなっていく。

今や舌が感じるのは甘みではなく、轡田の皮膚だ。生命線を舌先でなぞると、「ん」と小さな声が聞こえた。擽ったいらしい。後日、倖生は試しに自分の手のひらを舐めてみたが、我慢できないほどの擽ったさだった。轡田の忍耐力に感心したほどだ。

「ユキ」

クリームはあとかたもなくなり、轡田が呼ぶ。

「……いい子だ。とても覚えのいい子だね」

よしよしと頭を撫で、犬らしくなっていく倖生を誉めた。おそらく、轡田の計算では倖生が手を舐めるまで、もっと時間がかかると踏んでいたのだろう。だからあんなにも驚いたのではないか。倖生はそう考えた。

一方、倖生自身も驚いていた。

手を舐めたことに、ではない。

そのあとに誉められた時の、自らの体温の上昇に驚いたのだ。皮膚がぱっと熱くなり、心身が高揚した。心臓がトクトクと走り出し、胸がジンと温まった。なんだかじっとしていられなくて、その場で軽く身体を揺すってしまった。

どうやら自分は嬉しかったらしい。

轡田に誉められたことが、彼の期待に添えたことが嬉しかったのだ。

これはいったいどういう現象なのだろう。

犬のふりをしているうちに、心まで犬に近づいてきてしまったのか。当初の嫌悪感と反抗心はいったいどこへ消えてしまったのか。

もしも倖生に尻尾があったとしたら、振っていたかもしれない。

それがたとえば、金のためならまだいい。お愛想だと割り切り、轡田から搾り取ってやろうという小狡《こずる》い計算ならば納得できる。いかにも自分らしいとすら思う。

そうではないから、戸惑うのだ。

——このまま俺は心まで飼い馴《な》らされていくのだろうか。

背中がぞくりと震える。

それは恐怖にしては、あまりに甘美な感覚だった。

幸福とはなんだろう。

幸せになるために、人はなにをすればいいのだろう。

シルクのクッションに顔を埋め、倖生は考える。

子供の頃から、自分が幸福ではないと気がついていた。母子家庭で、母親は男を取っ換え引っ換え。好みのタイプは「あの人、あたしがいなきゃダメなのよ」という甲斐性《かいしょう》なしばかり。破鍋《われなべ》に綴蓋《とじぶた》とはよくいったもので、母親はそういう男から実によくもてた。苦労が絶えず、その苦労こそが彼女にとって恋愛だった。子供の頃は理解できなかったが、今はわかる。

だめな男と、それを守りたがる女の共依存。

両者とも弱いから、幸福な結末はまず望めない。

倖生は母親と男の間で、常に邪魔者だった。男が来ると、倖生は雨が降ろうが雪が積もろうが「外で遊んどいで」と追い出される。

同棲になるパターンも多かった。定職につく男は稀で、倖生を可愛がる男はもっと稀だった。しかも、そういうまともなのとは長続きしない。まだ小学生だった倖生にいたずらしようとするヤバいのもいた。おかげで逃げ足はとても速くなった。

母親が死んだ時、倖生は悲しかった。

たったひとりの肉親を失ったのだ。ずいぶん泣いた。

同時に、少しだけ安堵したのも本当だ。これでもう、変な男たちと暮らさないですむ。拳の暴力。言葉の暴力。性的な暴力。そういったものから解放される。

母の死後、施設に半年、その後は遠い親戚《しんせき》に預けられた。

引き取ってくれた遠戚の養父母は悪い人たちではなかった。中学生になると新聞配達のバイトを要求されたあたり、善人だとも言い難いが、少なくとも殴られた記憶はない。裕福な家ではなかったので、仕方なかったのだろう。

十七で高校を中退し、単身で東京に出た。

そこから先もいい思い出はない。ひとりで生きるにはあまりに子供だったし、誰かを頼るにも人を見る目がなかった。

騙《だま》されて、騙されて、やがては自分が騙すほうに回って。

一時的な享楽はあった。

たとえば酒。たとえば女。それから薬。

短い快楽を突きつめた先に、どんな悲惨な結末があるかも身近で見てきた。朝起きたら、心臓が止まっている仲間がいたこともあって、さすがにその後、薬から距離を置くようになった。死んだそいつの名前も思いだせないのに、垂れ流された糞尿《ふんにょう》の臭いはたぶんずっと忘れられない。

本当に、ろくでもない。

二十三年生きてきて、「ああ幸せだな」と思った記憶がない。

それでも、親に殴られて死ぬ子供よりはだいぶいい。戦争の絶えない国の人々よりは全然ましだろう。だから不幸とは思わない。ただ、幸福でもない。

もとい、幸福を倖生は知らない。笑えるくらい名前負けしている。

九月下旬、秋の長雨が始まると気温は急に下がった。今日も朝から雨模様で、サンルームのガラスに水滴がぶつかっては流れていく。

外はどうあれ、このリビングはいつも通り快適だ。

床暖房がすでに稼働していて、ちっとも寒くない。夏と同じようにハーレムパンツを穿き、柔らかい生地のシャツを素肌に纏《まと》っている。少し前、ペンネとサラダの軽食を食べて、デザートのパンナコッタは轡田のぶんまで食べて、今はお気に入りのラグとクッションに挟まれてのんびりしている。轡田はキッチンで後片づけをしているが、手伝わない。犬なのだから。

雨音を聞きながらうとうとする。

ここには倖生を殴る者はいない。倖生に出ていけと言う者もいない。部屋のどこかにある新聞配達は時々する。轡田が「Newspaper」と要求したら、部屋のどこかにある新聞を見つけて口に咥えて持っていくのだ。インクの匂いがいくらか気になるが、慣ればどうということはない。たったそれだけで、飼い主はずいぶん誉めてくれる。

倖生は愛玩犬だ。

番犬でもなく、猟犬でもなく、仕事といえば可愛がられること。それだけ。

ただ無防備に、可愛がられることだけなのだ。

これは幸福とはいえないだろうか。

少なくとも、轡田以上に倖生を大切にする人間を、倖生は知らない。

夏の終わりにはバスルームで髪を染めてくれた。おかげで倖生の髪は地毛と同じ綺麗な茶色になった。丁寧にトリートメントしてもらい、手触りもずっとよくなった。

また、グルーミングと称して、よく倖生の髪を梳《す》いてくれる。

手足の爪を切り、やすりをかけ、クリームを塗ってくれる。轡田は自分の犬が美しくなったことに満足し、何度も倖生を誉める。倖生はその礼として、鼻の頭を轡田の身体のあちこちに擦《こす》りつける。轡田からはいつもベルガモットの香りがして、倖生をうっとりさせる。

これは幸福とは、違うのだろうか？

犬にならなきゃ得られない幸福なんか偽物だ——そういう人もいるかもしれない。だとしたら、倖生は尋ねたい。本物と偽物をどうやって見分けるのかと。どんな違いがあるのかと。本物の幸福はどこにあって、どうやったら得られるのかと。

キッチンの水音がやんだ。

倖生はむくりと頭を上げ、リビングに続いているキッチンへ向かう。

キッチンエリアに入ることは禁じられていない。ただしコルク床ではなく、硬いフローリングなので膝の骨がごりごりして、少し痛い。

キッチンもまた、轡田の性格を反映して清潔かつ機能的に調えられていた。

人工大理石の明るいグレーとステンレスの銀。カウンターには、最新式のエスプレッソマシン、そして倖生に与えるための新鮮な果物が籠《かご》いっぱいに盛られている。

手を拭いている轡田の足元にすり寄る。

「どうした？」

まだ拭い切れていなかった一滴が、ぽつりと頬に落ちる。雨のようだと思う。

「ああ、濡れたな」

轡田が屈んで、指先で水滴を拭ってくれた。その指をまた倖生が舐める。主人を舐めるのは信頼の表現だ。指を口の中に入れられたので、軽く歯を立て甘嚙みする。

「迎えに来たのか？　ひとりでさみしかった？」

指を口から離し、今度は鼻先を押し当てて「クゥ」と小さく喉を鳴らす。

さみしかったのだろうか。そうかもしれない。

このところ轡田は仕事が忙しくなったようで、平日の呼び出しはほとんどなくなった。その代わり、土曜の日中から月曜の朝までを一緒に過ごす。相変わらず性的な行為は一切ない。倖生もそれを不自然とは思わなくなっていた。食事は轡田の手から食べ、眠るのは轡田の寝室で、ベッドの脇にマットレスを敷いてもらう。

シーツは滑らかな綿、毛布はシルクウールだ。犬のように丸まって眠るのだが、朝になると身体が伸びてしまっていることも多い。轡田は見て見ぬふりをしてくれる。

轡田のそばから離れるのは風呂とトイレの時だけだ。

轡田は麻薬のような男だった。

いや、犬でいる生活が麻薬なのか。

まったく無責任に飼い主に依存できる生活。言葉を使わなくても、飼い主がすべてを察してくれる生活。朝から晩まで轡田に見守られ、撫でられ、構われる。

それに慣れてしまった今、人間に戻っている時間が今まで以上に虚《うつ》ろになった。

轡田といない時間は、アパートでぼうっとしているだけだ。

金は充分もらっているから、ほかの仕事をする気にもならない。

時々遊んでいたパチスロも、轡田の家の心地よい静寂さを知った身体にはやかましいだけだ。かつての仲間と会っていてもむなしい。彼らは自分の話ばかりして、倖生のことなど本当は見てはいない。喋る相手は誰でもいいのだ。倖生である必要はないのだ。

でも、轡田の犬は倖生だけだ。

轡田はオフの時間のすべてを倖生に与えてくれる。だから倖生は彼の手を舐める。

「ユキは甘ったれだな」

だってそれは、あんたが俺を甘やかすから。

その手で撫で、その手で餌を与えてくれるから。

「ここは膝が痛いだろう。リビングに行こう……Heel」

轡田の後ろをついて移動する。

この飼い主は未《いま》だに、喜怒哀楽をあまり出さない。はっきり笑った顔も、まだ見ていない。それでも会った当初よりは、だいぶ穏やかな表情になっていた。今になって思えば、倖生が緊張していたように、轡田も緊張していたのだ。犬の性質を見定めようと、神経質にもなっていただろう。

轡田の目利きに間違いはなかった。倖生は犬に向いていたのだ。轡田の犬でいることは倖生に今までにない解放感を教えてくれた。

なにも考えず、ひたすら可愛がられていればいい。いくつかの単純なコマンドを覚え、それに従うだけで愛情を与えてもらえるのだ。

人間同士が愛情のやりとりをするのは難しい。

倖生はいやというほど失敗例を見てきた。人はみな愛されようとする。誰よりもおまえが一番だよと言ってほしがる。けれどその願いが叶う率は決して高くない。叶ったとしても、継続する率はなお低い。

「今日はどこへ行こうか」

壁面を埋める本棚の前で止まり、轡田が聞く。

聞かれたところで答えるわけにはいかないが、倖生は主人を見上げて瞬きで返事をする。どこでもいいよ、あんたの好きなとこへ。

「こんな冷たい雨の日だから、暖かい国がいいだろう。インドネシアはどうだ？」

轡田は写真集を本棚から引き抜いた。

最近お気に入りの遊びは、想像世界旅行だ。山とある写真集を使い、ふたりで各地を旅する。倖生はウィーンでザッハトルテを食べ、ローマで焼き栗を頬張り、ロスで大きなリブステーキに齧りつき、ソウルでキムパブにかぶりついた。文化論には眠そうになり、食べ物の話になると身を乗り出す倖生を、轡田はいつも「食いしん坊な犬だ」と揶揄《やゆ》する。

「二年前、仕事でバリ島に行った。……不思議な土地だった」

轡田がどんな仕事をしているのか知らないが、海外に渡ることも多いらしい。

「基本的にはヒンズー教なのだが、そのほかにも土着の精霊信仰が強い。鬱蒼《うっそう》とした森に入ると確かに神秘的な雰囲気があった。海沿いのエリアには豪華なリゾートが多いんだが、田園地帯にはまだ……」

ふいに言葉が止まり、写真集を捲《めく》っていた手も止まる。

倖生はそれよりも数秒早く、身体を硬くしていた。這った状態だと震動に敏感だ。細波《さざなみ》のような揺れがきているのがわかったのだ。

カタカタカタと揺れが大きくなる。

震度二くらいかな……倖生が思った瞬間、揺れがグワンと大きくなった。

飾り棚を兼ねている書棚から、小物が落下してくる。時計、風景写真の入った額、ベネチアで買ったと話していたガラスの小さな天使像——どれも倖生に当たることはなかった。コルクの床はある程度のショックを吸収するが、繊細な天使像はカシャンと啼《な》いて、壊れてしまう。

「危ない！」

轡田の声に驚いて、反射的に上を見た。一番上の段で、大きな美術書が今にも落ちそうに傾いているのがわかる。

まずい、逃げないと。こんなところで伏せている場合じゃない。早く立って、逃げないと——。

ドサドサ、ガツッ、という音がした。

思わず低くした頭のすぐ上……だが倖生に痛みはなく、その代わりに大きな温《ぬく》もりに包まれていた。

轡田が身を挺《てい》して倖生を庇《かば》ったのだ。

「つっ……」

小さな呟きが落ちる。

揺れは一分もしないで収まった。轡田は倖生から離れ、こめかみを手で覆ったまま、まずラジオをつける。地震情報が流れていて、津波の心配はないと告げていた。東京は震度四だったらしい。

「やれやれ……棚のレイアウトを考える必要があるな。ユキ、怪我はないか。いったいなにが落ちたんだか……」

床を見回した刹那《せつな》、轡田の表情がスッと硬くなった。

その視線の先を追いかけて、倖生も目を落とす。ハードカバーの洋書……革手袋を塡めた手が Pictures と書いている写真、それがそのまま表紙となっていた。

その本から、なにか紙片が斜めにはみ出していた。

大きさからするとハガキ……いや、写真だろうか。轡田は腰を曲げて中指でトンとそれを押し込んだ。それから落ちた洋書を拾い上げ、もとの一番高い段に戻す。次に珊瑚礁《さんごしょう》の写真が入ったフォトフレームを拾い上げ「これが当たったたんだな」と呟く。アルミ板を加工したフォトフレームは確かにエッジが鋭かった。

倖生は轡田のスラックスを咥えて、軽く引っ張る。

「うん？」

床に膝をつき、轡田が顔を寄せてくれた。

倖生は鼻先を胸元に押し当てて、轡田の匂いを嗅いだ。それから顔を上げると、轡田のこめかみ近くにできた小さな傷を舐める。僅かに血の味がした。

「なんて顔してる。私は大丈夫だよ」

喉を擽られて、少し安心した。

轡田はこめかみに軟膏《なんこう》を塗り、リビングの落下物をざっと片づけてから、キッチンに入る。皿に水を入れて持ってきてくれた。スライスしたレモンが二切れ浮かんでいる。水に揺れるレモンを見たら、途端に喉の渇きを覚えた。地震に動揺したからだろうか。倖生はすぐ口をつけて舐め始める。

しばらく横で背を撫でてくれていた轡田は、

「書斎を片づけてくる。たぶん本が雪崩を起こしているだろうからね」

そう告げてリビングを去ってしまった。

水を飲み終わり、倖生はお気に入りのラグの上に座った。しばらくすると、だいぶ気分が落ち着いてくる。

本棚を眺めて考えた。

さっきのあれは――写真らしき紙片はなんだったのだろうか。

まるで隠しているかのように、本に挟んであった。轡田はなにより先に本を棚に戻してしまった。それだけではない。あの紙片は一度破かれ、のちに貼り合わされていたのだ。透明なテープで継がれているのがはっきりわかった。

写真だとしたら、なんの……いや、誰の写真なのか。

捨てるつもりで破いた写真を貼り直し、あんなふうに本に挟んでひっそり取っておくなら……きっと誰かの写真なのだと思った。

轡田にとって、忘れるべきで、忘れようのない誰か。

そして倖生は気がつく。自分が轡田について、ほとんどなにも知らないことを。

もちろん、知っている部分もある。

清潔好きで、几帳面な性格。着る服は圧倒的に黒が多い。料理は得意だが、自分のために作るかは、甚だ怪しい。キッチンのダストボックスにインスタント食品の残骸《ざんがい》を何度も見たことがある。

クラシック音楽が好きで、特にバッハを好んでかける。時々モーツァルトを選んでいるが、これは倖生を楽しませようと思っているらしい。眠る時は濃紺のパジャマを着る。朝はトースト派で、でもみそ汁だけは必ず飲む。倖生にも、火傷《やけど》しない温度に調整したみそ汁を与えて「身体にいいから飲みなさい」と言う。こんな時は少し年寄りくさいなと思う。

けれど、轡田の仕事を知らない。

歳を知らない。友人を知らない。

生まれた場所を知らない。

家族についても知らない。

そう、彼のファーストネームすら知らないのだ。

いっそ単なる男娼ならば、気にならないのに。客の仕事やら家族構成やらを知る必要はないし、客だって明かそうとはしないだろう。

けれど倖生は犬だ。

轡田の匂い。舌で感じる皮膚の肌理《きめ》。指を噛んだ時の弾力。

犬ゆえにそんなディテールは知り尽くしているのに、名前は知らないのだ。まして轡田の過去になにがあったかなど想像もつかない。

じわりと膝が疼いた。

立って、本棚まで数歩進み、あの洋書を手にして開く——簡単だ。簡単なことだ。

おそらく二分とかからないだろう。

書斎から物音が聞こえてくる。轡田は当分戻りそうにない。

膝立ち以上の高さにならないこと。人間の言葉で喋らないこと。

最も大切なこのふたつの命令に、倖生はずっと従ってきた。犬でいる状況に慣れ親しんでからは、逆らおうと思ったことなど一度もない。立つ必要などない。手の届かない場所にあるものは、なんでも轡田が取ってくれた。喋る必要もない。倖生の視線ひとつ、仕草ひとつでなにを欲しているか理解してくれた。

しかし、あの写真は別だ。要求しても見せてはくれないだろう。

見たい、と思った。

あの写真を見れば、轡田をもっと知ることができる。そう感じるのは、まるで根拠がないわけではない。人はその内面の深くにあるものを隠したがる。さっき轡田は写真を隠した。もとに戻したというよりは、倖生から隠したのだ。

今この瞬間は数少ないチャンスだった。

ほんの二分、いや一分。人間に戻ればいい。たとえ今我慢したとしても、このままずっと気になり続ける。轡田がいない隙を窺《うかが》う犬になってしまう。そんなのはいやだ。

倖生は息を吸い、立ち上がった。

膝の骨がポキリと乾いた音を立てる。視点が上がっただけで、リビングの風景が変わった。この部屋の天井はこんなに低かっただろうか。

本棚の前に立ち、腕を伸ばす。

焦っていたせいか、最初に取ったのは目的の本ではなかった。すぐに戻し、次を取る。革手袋の表紙……そう、これだ。紙片の挟まっているページを見つけるため、パラパラと勢いよく捲《めく》っていく。写真集だ。たまたま目に飛び込んだセクシャルな画像に驚いた時、はらりと白いものが落ちた。裏を上にして落ちたそれを拾い上げ、表に返す。

倖生の勘通り、それは人物の写真だった。

美しく若い男性が笑っている。

目線はカメラというより、カメラを持った人物に微笑みかけている。

やめなよ、もう、なにしてるの、写真なんか……恥ずかしいってば。

笑いながら、そんな声が聞こえてきそうな一枚だった。場所はたぶんベッドの上、彼が身体に巻きつけている白い布はシーツだろう。無造作な髪から察して、寝起きを狙った一枚だ。

溢《あふ》れんばかりの愛情を感じる写真は、一度斜めに勢いよく破かれている。

誰が破ったのか。

そして誰が再び貼り合わせたのか。

倖生は自分の拳を胸に当てた。なんだか息がつまりそうで怖かった。もう戻そうと思うのに、彼の笑顔から目が離せない。

あんたは誰なんだ？

轡田の……俺の飼い主の、何なんだ？

「なにをしている」

ぎくりとした。

いつ戻ってきたのか、リビングと廊下の境に轡田が立ち、倖生をじっと見ていた。

「……ずいぶんと上手に立っているじゃないか？」

ゆっくりと近づいてくる。

叱られる。

すぐに座らないと。犬に戻らないと――なのに身体が竦んで動けない。落胆と怒りを含んだ目が、もうすぐそこまで来ている。

轡田は、固まっている倖生から写真を取り上げ、自分の胸ポケットにしまった。

それから倖生を一瞥《いちべつ》し、どん、と乱暴に肩を突き飛ばす。倖生は無様に尻餅《しりもち》をつき、小さく呻いた。尾てい骨をまともに打ちつけてしまったのだ。

「う……っ」

「這え」

今度は前髪を摑《つか》まれて、手前に引かれる。四つん這いの姿勢に戻った倖生はそのまま身体を低くした。怯《おび》える犬さながらに額を床につけて震える。

ぶたれると思った。

犬にあるまじき行いをした。他人のものを盗み見るなど、人としても恥ずべき行為だ。罰を与えられてあたりまえなのだ。だからぶたれるのを待った。罰を、待った。

「うっ……ぐ！」

喉に強い圧がかかる。

轡田が首輪に指をかけて引っ張り上げていた。続いて冷たい金属音が聞こえて倖生はビクリと震える。そんな……あれをつけたのだろうか。おまえはいい子だから必要ないなと、以前言っていたのに――。

「Stand」

立て、と命令される。

倖生は伏せたまま動かなかった。見て確認するのが怖い。

「Stand!」

「あうッ」

今度は首に軽いショックがかかる。仕方なく、倖生は伏せから身体を起こした。

サンルームのガラスに映った自分の姿を見て、悲しくなる。轡田は首輪に鎖のリードをつけたのだ。このリードがある限り、倖生の自由はかなり制限される。

ジャラリと鎖を手に巻きつけ、轡田が歩き始めた。主人の歩調に遅れれば首が苦しくなるだけだ。倖生も従うしかない。サンルームの際まで来ると、轡田は掃き出し窓を開ける。外の雨はやむどころかいっそう激しさを増していた。まさかと思う暇もなく、そのまま庭に追いやられる。

まだ午後四時頃のはずだが、厚い雲のせいで庭は暗い。

びしゃびしゃと、濡れそぼった芝を進む。こんな雨の日に外に出されるなんて、もちろん初めてだった。不安に駆られて轡田を見上げるが、怒った飼い主は倖生を見ようともしない。強い雨ばかりが頬を叩く。

欅《けやき》の木陰に入ると、雨の当たりはいくらか弱くなった。

それでも葉の隙間を縫い、大きくなった雨粒がぼたりぼたりと絶え間なく落ちてくる。倖生も轡田もすでに全身びっしょりだった。水を吸ったシャツがやけに重たい。

轡田がリードを枝に巻きつける。

立っている轡田の肩あたりにある枝で、這っている限り倖生には届かない。

「しばらくここで反省していろ」

冷ややかな言葉を残し、轡田が行ってしまう。

倖生は慌てて追いかけようとした。だがすぐにリードは伸びきってしまい、喉が圧迫されて苦しくなる。思わず轡田に向かって腕を伸ばしたが、振り返ってもくれなかった。屋内に戻るとぴしゃりと掃き出し窓を閉ざし、そのままリビングからも消えてしまう。

ぺたりと倖生は座り込んだ。

遠い。

リビングがあんなに遠いなんて。

頬を流れる冷たい水滴は雨。温かいのは涙だ。

涙の理由はなんだろう。

寒いから。惨めだから。置き去りにされたから。

どれも正しいようで違う。そんなことで泣くくらいなら、今すぐ立ち上がって枝から鎖を外し、歩いて戻ればいいのだ。こんな馬鹿らしいことはもう続けられないと告げて、自分の服に着替えて帰ればいいのだ。

けれど倖生はそんなことはしない。なぜなら、轡田の犬でいたいからだ。

おそらくこの涙は、轡田を裏切ってしまった自分が情けないからだ。主《あるじ》のものを盗み見た。立ってはならないという根本的な約束事すら守れなかった。犬と飼い主の間で一番大切な信頼を裏切ってしまったのだ。

ごめんなさいと言いたくても、言葉を使えばなお轡田は怒るだろう。身体を丸め、顔を伏せて泣き続ける。

ぬかるんだ土が額につくが、気にしていられない。薄いシャツの張り付いた背中にぼつぼつと雨粒が落ち続ける。その一粒一粒が倖生を責める。

雨なのに、家に入れない。

皮膚から染み入る雨が心にまで溜《た》まり、子供の頃の記憶を浮かび上がらせる。

家にいられなかったのは、母親が男を連れてきた時だけではなかった。癇癪《かんしゃく》持ちの母親は、時々、ちょっとしたことで火がついたように怒った。ひどい時は倖生がお腹が空《す》いたと言っただけで怒った。怒られて泣きだすと、母親はますます逆上して倖生を安アパートから叩き出すのだ。雨だろうと、炎天下だろうと、深夜だろうと。

ごめんなさいと、謝り続けた。

ドアを叩きながら、何十回と。

見かねたほかの住人が、倖生を部屋に入れてくれたこともある。たびたび倖生を保護し、温めた牛乳を飲ませてくれたのは、隣人のケイコさんだ。水商売だったケイコさんは酒と煙草のにおいを漂わせながら、泣くんじゃないよと倖生に言い聞かせた。

ママはほんとはわかってる。自分が悪いとわかってる。

あんたの涙はそんなママを責め立てるから……だから泣いちゃいけないよ、と。

ヘビースモーカーのせいで、やたらしゃがれた声の人だった。

欅の幹にぐったりと寄りかかり、倖生は顔を拭いもせずに泣き続けた。

今は泣いていいのだ。涙は雨で流れるし、しゃくりあげる声は轡田には届かない。

こんなふうに泣くのは何年ぶりだろう。女に去られても、チンピラに殴られても、涙なんか出なかった。

悲しいという感覚をずいぶん忘れていた。そういえば、こんな感じだった。胸の奥が絞られるように痛んで、肋骨《ろっこつ》が軋《きし》み、手足の力が抜ける。

雨と涙でけぶる視界に、幼い自分が見えた気がした。

うっとうしい目をした、爪の汚い、がりがりに痩せた子供。

栄養も愛情も足りずに育った子供……かわいそうなガキだよなと思った途端、子供がにやりと笑った。

今のあんただって、似たようなもんじゃないか、と。

3

「ずいぶん危険な遊びをなさってる」

朧《おぼろ》げな意識の中、聞こえてきたのは知らない声だった。

「自我を持つ大人ならば、犬扱いされることに強い拒絶を示すはずです。首輪を塡められたり這って歩かされたり……僕だったらどれだけ金を積まれてもごめんですね」

男性だが、轡田より高い声だった。廊下のほうから聞こえてくる。

誰だろう、と倖生はぼんやり考える。この家に自分と轡田以外がいるのは初めてのことだった。

「これがSMプレイの一環ならばまだいいんです。犬になって相手に従属することに性的快感を得られるというなら、僕にも多少理解できます。世の中にはいろんな趣味の人がいる。でもあなた方はそういう関係とも違う。彼はあなたの犬となることで、まるで自我を捨ててしまったかのように、あなたに甘え、あなたにすべてを委《ゆだ》ねようとしている——ちょうど幼い子が親にするようにね。これは一種の依存ですよ」

轡田の声は、相槌《あいづち》ひとつ聞こえなかった。

倖生はゆっくりと目を開ける。

薄暗い中、天井の照明で轡田の寝室だとわかった。

分厚い遮光カーテンのせいで昼なのか夜なのか判別がつかない。意識がクリアになるに従って、身体の痛みと苦しみも明瞭になっていく。

頭がガンガンする。こめかみの内側で誰かが太鼓でも鳴らしているようだ。額は熱いのに、身体は寒い。腕と脚の付け根がひどく痛んで、寝返りを打つことすらできない。喉がからからで、息をするのも辛《つら》かった。

「あなたは金で、一時的な愛玩動物を買ったつもりだった。それをとやかく言うつもりはありませんよ。確かにずいぶん綺麗な子ですしね。互いにビジネスならば問題はない。……でも、あなた方は深みにはまりつつある。この危険な遊びは、彼にも大きな影響を与えています。でなければ、あなたの赦《ゆる》しが得られるまで、雨の中で泥に伏せて待ったりはしません。自分で立てば鎖なんかすぐ外せるのに」

「……そうするものと思っていた」

やっと轡田の声が聞こえてくる。

「さっさと立ち上がって、枝にかけた鎖を外して、こんな猿芝居はお終《しま》いだと吐き捨てると思ったのに――」

「彼はそうしなかった。そのせいで高熱を出した」

男が喋っているのは、扉を挟んだ廊下らしい。

彼、とは自分のことなのだろうと倖生は思うが、内容を理解するには至らない。あまりに頭痛がひどすぎるのだ。

記憶が一部欠けている。

轡田に叱られ、中庭に放置され——雨に打たれていた時間はどれくらいだったのか。数十分ということはないと思う。一時間は経っていたはずだ。あるいはもっとなのだろうか。時間の感覚が飛んでいる。自分がいつ気を失ったのかもわからない。

とにかく、倖生はここに運ばれた。真っ白いシーツの、轡田のベッドの中に。

まだ朦朧《もうろう》とした意識の中で「ああ、しまった、また叱られる」と思った。

主人のベッドで寝るなんてとんでもない。ソファにだって上がってはいけないのに。

起き上がろうと思うが、身体が言うことを聞かない。倖生は一度うつぶせになり、ベッドの上を這いながら端まで移動した。すぐ下に、いつも自分が犬として寝ているマットレスがあるはずだ。両手をだらりと下げて、マットレスを手探りする。なかなか床に指先が届かない。もう少し、もう少しと身体をずらし、やっと床に触れた手のひらをよすがにして、ずるりとベッドから下りた。

どすっ、と音がする。

下りたつもりだったが、結局落ちたのだ。倖生は身体を硬い床に打ちつける。あるはずのマットレスはなく、倖生は身体を硬い床に打ちつける。

ひどく悲しい気持ちになった。轡田はもう、倖生のマットレスを片づけてしまったのだろうか。倖生の寝場所をなくしてしまったのだろうか。

音を聞きつけたのだろう、扉が開いて、ふたりぶんの足音が響く。

「ユキ」

薄く目を開けると、屈み込んだ轡田の顔が見えた。あたりが暗いので、表情まではわからない。

ねえ、俺の、俺のマットレスがないよ。俺の寝場所がない……。

「……ベッドから下りようとしたのか？」

頰にそっと手が当てられる。倖生はなんとか轡田の袖口を咥え、軽く引っ張って水が欲しいと訴えた。俺のボウルに水を入れて。そうしたら、ちゃんと起きて、這って飲むから。

「彼はなにをしているんです？」

「水を欲しがっているんだ。岡《おか》、そこのポカリを取ってくれ」

岡と呼ばれた男が渡したペットボトルにはストローが差してあった。轡田は倖生を抱えるようにし、ストローを咥えさせようとする。倖生は緩く首を振って拒んだ。

違う。それは違う。

だって、ストローで水を飲む犬なんかいない。

倖生はストローから顔を背け、なんとか起き上がろうとした。ちゃんと犬のように言えたら、皿に水を入れてくれると思ったのだ。

「いいから」

轡田の両手が倖生を抱きしめ、動きを制止する。

「ストローを使いなさいユキ。……これは命令だ」

命令。

命令ならば仕方ない。

唇を開けてストローを咥えた。吸い上げた水分は乾ききった粘膜に馴染《なじ》まず、最初はごぼりと噎《む》せてしまう。轡田は「ゆっくり」と言い添えて、倖生の頭を支えた。

常温のスポーツ飲料はやがて倖生の細胞に染み込み、激しい渇きが癒《いや》される。頭はまだくらくらするが、多少周囲を見られるようになった。自分がなぜか轡田のパジャマを着ていることもわかる。

岡という男は轡田の隣に屈み込んで、倖生を見た。

轡田より五つ六つ若いだろうか。きちんとスーツを着て、細いフレームの眼鏡をかけ、聡明そうな顔つきをしている。

ふたりがかりでベッドに乗せられた。毛布をかけられ、轡田が額に冷却シートを貼ってくれる。ひんやりとして気持ちがいい。

「ユキくん、熱を測ろうか」

岡が体温計を口元に差し出す。

倖生は困惑し、轡田を見た。咥えなさい、と命じられておずおずと口を開ける。舌下に入れられた体温計は一分ほどで電子音を立てた。

「八度四分……まだ高いな」

眉を寄せて呟いたのは轡田だ。

「なにかアレルギーを持ってる？　飲めない薬とかあるかな？」

岡に尋ねられた倖生が首を横に振ると「よかった」と微笑む。

「市販薬だけど、よく効く解熱剤を持ってきたから、社長に呑ませてもらうといい」

社長というのは、もしかして轡田のことなのだろうか。熱で潤んだ目を巡らせると、轡田は倖生の髪を撫でながら、

「岡は私の会社の者だ。信頼できるから安心しなさい」

そう教えてくれた。

「では社長、僕は事務所に戻ります。薬はこれ。レトルトのおかゆとゼリー飲料はダイニングテーブルの上です。果物も買ってありますから」

「ああ、急に呼び出してすまなかった」

「水分はまめに摂《と》らせてください。薬で熱は下がると思います。もし下がらない時は、ちゃんと病院に行ってくださいね。僕は確かに医大は出てますが、医者じゃないんですから」

「わかった。……色々と世話をかけたな」

本当ですよ、と岡が苦笑する。

「それから、仕事のほうもお忘れなく。明日の会議は絶対出ていただきますよ。クライアントのご機嫌を損ねないでください」

釘《くぎ》を刺すように言って、岡は帰っていった。

轡田はそれから倖生にゼリー飲料を与え、薬を呑ませてくれた。どこかつらいところはないかと聞かれ、倖生が腋の下を示すと、氷嚢《ひょうのう》をタオルでくるんで持ってきてくれる。そこを冷やすと、ずいぶん楽になった。

浅い眠りを繰り返す。倖生が目を開けるたび、轡田がいる。

じっと倖生を見ている。その目に宿っている感情は読み取れないが、時々撫でてくれる手の優しさで、もう怒っていないことはわかった。倖生は心から安堵する。よかった。もしかしたら、捨てられてしまうだろうかと不安だったのだ。

轡田の指が、倖生のかさついた唇にそっと触れた。

嬉しくて、その指を軽く嚙む。薬が効いてきたのか、頭痛はかなり軽減していた。

「――どうして鎖を外さなかった？」

だって、俺はあんたの犬だから。

倖生は視線で答える。この首輪をつけたのはあんたで、鎖をつけたのもあんたで、そして俺は悪いことをした。約束を破って立ち上がった。あんたのものを勝手に見ようとした。

だから罰は当然だ。

罰を受ければ許してもらえるなら、喜んで受ける。自分で鎖を外すはずがない。

俺は犬でいたい。あんたの犬でいたい。だってこんな快適な生活はない。

深夜になっても轡田は倖生のそばから離れなかった。

ベッドの傍らにカウチを持ち込み、仮眠を取りながら看病を続ける。幼い倖生が熱を出した夜ですら男に会いに行った母よりも、ずっと献身的だ。

明け方、喉が渇いて目が覚めた。

水を飲もうと身体を起こした時、ナイトテーブルの上の写真が目に入る。

犬としてこの寝室に出入りしていた時は、視線が低いので見えなかったのだ。シンプルなフレームに収められているのは四人の人物。どうやら家族写真のようだ。顔を寄せて見ていると、轡田が気がつきカウチから身体を起こす。

「どうした?」

勝手に見たりして叱られるだろうかと思いきや、轡田は「ああ、それは私の家族だ」とあっさり教えてくれる。ナイトテーブルの小さな灯《あか》りをつけ、写真を手渡した。品のいい中年夫婦と、子供がふたり。制服姿の賢そうな少年は轡田だろう。もうひとり、小さな女の子が写っている。五、六歳の可愛らしい女の子だった。女の子はコリーを抱きしめ、屈託のない笑みを見せている。

「両親と、妹。……残念ながらみんなもうこの世にはいないが」

こんな小さな妹まで? 倖生は驚いて轡田の顔を見る。ベッドの端に腰掛けて写真を見つめる飼い主からは、悲しみの表情は読み取れない。

「母は病で逝った。私が十四の頃だ」

声もまた、淡々としたものだった。

「十七の時父と妹が乗っていた車が事故に遭い、父は即死だった。妹は一か月間意識不明のままで――結局そのまま死んでしまった。まだ八歳だった」

フレームの縁を指先でなぞりながら語る。

表情よりもその指先に悲哀が滲み出ていた。たった三年の間に家族のすべてを失った悲しみを、この男は心のどこに飼い馴らしているのだろう。どれほどの喪失感が彼を襲ったのか、母を亡くしている倖生にすら想像がつかない。

「私とチャチャが残された。チャチャというのはそこに写っているコリーだ。私はもっとかっこいい名前にしたかったのだが、妹にじゃんけんで負けてね。……チャチャはそのあと六年もの長い間、私を慰めてくれた。優しくて利口な犬だった。チャチャが死んだ時、私は最後の家族を失った気分になったな」

写真をもとの位置に戻し、轡田は「昔の話だ」と締めくくった。

「……おまえはチャチャより利口とは言い難いが、美しさでは負けていない」

そんなふうに囁かれ、どういう顔をすればいいのかわからない。

自分はチャチャの代わりなのだろうか。代わりが欲しければ新しい犬を飼えばいいだけではないのか……そういえば最初に会った時、犬は人間より早く死ぬから飼わないのだと言っていた。だから代用で我慢しているのか？　犬であって、犬ではない倖生で？

それでこの人の寂しさは、本当に解決するのだろうか。

なにか言葉をかけたかったけれど、なにも思いつかなかった。

「さあ、水を飲んだらもう少し眠りなさい」

倖生が横たわると、毛布をかけ直してくれる。瞼《まぶた》を閉じても、まだ轡田が見つめているのがわかった。

見守られているという安心感を、この歳になって初めて知る。

代用の犬でもいい。

轡田がそれを求めるならば、構わない。

言葉すら必要ない世界で、轡田は倖生を飼ってくれる。可愛がってくれる。倖生は犬として無責任に愛されていればいいのだ。見えない尻尾を振っていればいいのだ。

世界中の人がそれを不毛と呼ぼうと、今の倖生には轡田が必要だった。


翌日、倖生の熱はだいぶ下がり、自分のアパートに戻ることにした。

「気をつけて帰りなさい」

轡田も仕事があるのだろう。別れ際に、初めてスーツ姿の飼い主を見た。

上背があり、肩幅もしっかりしている轡田にはスーツがよく似合う。黒髪もきちんと整えてあって、普段のラフな彼とは別の魅力があった。今になって飼い主の美貌《びぼう》を再確認し、倖生は不思議に思う。

轡田はすべて持っている。

どんな仕事かわからないが、会社の社長をしていて、都心の庭付き邸宅に住み、恵まれた容姿をしている。時折、携帯電話で流暢《りゅうちょう》な英語を喋っている。つまり語学も堪能《たんのう》で、世界のあちこちを旅した経験もある。

感情を表に出さないタイプで愛想はないが、思慮深く、忍耐強く、察しがよい。

一昨日あんなに怒ったのは、倖生がルール違反をしたからだ。それでも倖生が自ら逃げ出せるよう、鎖に鍵をかけたりはしなかった。雨ざらしになって風邪をひいたのは、倖生自身の責任でもある。

なんでも持っている轡田なのに、どうして犬を飼おうなどと思ったのだろうか。

人はどんな時にペットを欲しがるだろう。

寂しい時？　ならば恋人を作ればいい。轡田の魅力を理解する女性はたくさんいるはずだ。もし、轡田に経済力がなかったとしても、賢い女ならばあの大きな手から滲み出る深い優しさに気がつくはずだ。そんな女性が……男性でもいいのだが……轡田の前に現れなかったのだろうか。あるいは、かつてはいたけれど、なんらかの理由で失ってしまったのか。

轡田にはいつも孤独がつきまとっているように感じる。

家族を失い、愛犬を失い、そしてあの写真。

破いて、また貼り合わせた写真の——笑っていた青年。

彼がなにか関係しているのだろうか。

だめだ、と倖生は軽く首を振った。犬が飼い主の過去を詮索《せんさく》してどうするのだ。そんなことは犬の仕事ではない。犬はただ主《あるじ》に従い、可愛がってもらえばいいのだ。

角を曲がる手前で、もう一度振り返る。

轡田の家の前にハイヤーが停まっていた。ずいぶん優雅な出勤だ。玄関から出てきた轡田を乗せたハイヤーは、倖生が向かっていた駅方向とは反対に走りだす。車が小さくなるまで見送り、再び歩き始めようとした時、倖生は不審な人物を見た。

轡田がいなくなった途端、その男が現れたのだ。

黒っぽい服装をした男だった。三十前後だろうか。距離があるので顔までは判別できない。轡田の家をじっと睨むように見ている。

空き巣狙いだろうか。

それにしてはさほど周囲を気にしていない。現に今、このまま放置はできないと思った倖生が近づいているというのに、その場を離れようとはしなかった。

「ここん家《ち》に、なんか用？」

倖生の問いかけに、男がゆっくりと顔を向ける。痩せた男だった。頬骨の影が目立ち、整った顔つきをしているのにひどく陰気な印象がある。くたびれたジャケットに汚れた靴、伸びっぱなしの髪と無精髭……無言のまま、倖生をじろじろと見つめ、

「誰だ」

不機嫌さを隠さず、不躾《ぶしつけ》に聞いた。

「ここの、知り合いだけど。おたくは？」

「へえ、そうか。俺はな、知り合いの知り合いだよ」

男はそう答えると、にやにやと笑った。ジャケットの胸ポケットから潰れた煙草の箱を取り出して一本咥え、ざり、と倖生に歩み寄る。

「ふん。よくできた顔してんな。おまえもどうせ、あいつのお手つきなんだろ？」

ヤニ臭い息に顔を歪《ゆが》め、倖生は「なんだと？」と気色ばんだ。

「怒るなって。いいことを教えてやるよ。あいつには……轡田には気をつけたほうがいいぜ。関わってると、ろくなことにならない」

はっきりと名前を出して男は言った。

「どういう意味だよ」

「ヤバい野郎だから気をつけろってことだ——奴は普通じゃない」

セリフの後半で、にやついた笑みが消えた。

なにがどう、普通じゃないというのか。詳しく問いつめることを倖生は躊躇《ためら》った。轡田が週末ごとに倖生を犬として飼っている事実を、この男は知っているのだろうか？　それを普通じゃないと指摘しているのだろうか。

あるいは過去にも、倖生と同じように飼われていた『犬』がいたとか？　頭の中でさまざまな可能性が生じ、適切な言葉が見つからない。

だが男は続けて、倖生の予想していなかったセリフを吐く。

「その綺麗な顔に、傷をつけられたくないだろ？」

「……傷？」

訝《いぶか》しんだ倖生に、男は「嘘じゃない」と煙草に火をつける。

「あいつのお気に入りだった男は、ザックリやられたぜ。ここからここまで……今でも無惨な傷が残ってる」

自分のこめかみ横から頬までを指で辿りながら、男は低く言った。吸い始めの強い煙が倖生の前を靄《もや》のように漂う。

轡田が誰かの顔を傷つけた？

馬鹿な、あの物静かで忍耐強い男がそんな真似をするはずがないではないか。

そう笑い飛ばすことができなかったのは、轡田の持つ感情の激しさを知ったばかりだからだ。

「深みにはまる前に逃げたほうがいい」

遅い――たぶんもう、遅い。

倖生はどっぷりと深入りしてしまった。轡田の『犬』になってしまった。

「あいつは他人の人生を狂わせる男だ。いいか、これは忠告だぜ。……なにもかもを台なしにされる前に逃げろ。逃げられなくなってからじゃ遅い」

靄の向こうで声がする。やたらとせわしなく煙草を吸う男だった。倖生は返事のしようもなく立ち尽くし、やがて男は煙草を咥えたまま立ち去っていった。

男が何者だったのか、結局はわからなかった。

──くそう。ザックリやられたって、なんの話だよ。

根拠もないというのに、男の言葉は倖生の中にいつまでも居座り続けた。無惨な傷……他人の人生を狂わせる……逃げられなくなってからじゃ遅い……。

倖生は少し、怖かった。

轡田が怖いのではない。根拠のあるなしは別として、あれだけ不穏な話を聞いたというのに、これっぽっちも逃げたいと思わない自分が怖かったのだ。

──これは一種の依存ですよ。

熱に浮かされながら聞いた言葉を思い出す。確かにそうだ。倖生は轡田という存在に依存している。だって……仕方ないではないか。飼い主に依存しなければ、犬は生きていけないのだから。

もやもやした心情を抱えたまま、それでも週の前半は、おとなしく過ごしていた。せいぜい近所を散歩したり、本屋で旅行雑誌を見たりする程度だ。

轡田が訪れたという各国の本を捲《めく》ってみた。これまでは海外旅行などまったく興味がなかったのに、今は少し違ってきた。行ってみたいなと思える場所がいくつかある。東欧諸国の古い町並みやアジアの猥雑《わいざつ》な都市もいいが、一番興味があるのは砂漠だ。

——砂と空しかない空間だ。

轡田はそう話していた。

——自分の存在が、砂粒のひとつと変わらなく思える。日々の生活が遠のき、あらゆるしがらみが遠のき……とても自由で、とても孤独だった。

砂丘にひとり立った時、そんなふうに思ったのだという。

倖生だったらどうだろうか。荒涼とした風景の中で、なにを感じるのだろう。轡田の感じた自由と孤独は、倖生にも訪れるだろうか。

会っていなくても、轡田のことばかり考えている。三年住んでいるアパートより、轡田の家と中庭という限られた空間を懐かしく思う。

ゲームは目がチカチカするのでしなくなった。テレビもあまり見ない。以前から、面白いと思って見ていたわけではないが、今ではお笑い番組など騒音に近い。ドラマの作り事にも、歌番組の女の子たちにも心を動かされない。

早く週末が来ればいいのにと思った。

ひとりで四つん這いになり、狭い部屋の中を歩き回ってみる。一周してすぐやめた。

つまらない。飼い主が見ていてくれなければ、つまらない。意味も無い。

ひとつ、気になることがあった。

田所から連絡がないのだ。いつもならば火曜には電話が入り、次の土曜に轡田のところへ行くようにと伝えられる。なのに木曜になっても連絡がこない。こちらから問い合わせてみると「今のところリクエストは届いていないね」と返される。つまり、今週末は行かなくていいということだろうか。

こんなことは初めてだった。

もしかしたら、仕事が忙しいのか。あるいは急な出張だとか？

色々と考えを巡らせてみるが、本当の理由は轡田本人にしかわからないし、直接の連絡は禁じられている。

自分でも驚くほどに気分が沈んだ。

今や倖生にとって、轡田と過ごす週末が生活の中心になっていた。残りの平日は、それを待つ期間にすぎないのだ。

ひとりでアパートにいても、気分がくさくさするだけだ。

倖生は久しぶりに街へ出ることにした。服が欲しい。シンプルだが質の良い轡田の服装を見続けるうちに、自分のチンピラめいた恰好が恥ずかしくなっていた。

かといってファッションセンスに自信がないので、ホスト時代の知人を呼び出す。

唯一ともいえる女友達のナナだ。同じ店でバーテンダー修業をしていた子で、確か歳は少しだけ上だったと記憶している。倖生に向かって「あんたホスト向いてないよ」と指摘した女で、遠慮なしにものを言うところが気に入っていた。泊めてもらったことはあるが、寝てはいない。これも倖生にしては珍しかった。

午後二時、待ち合わせ場所の六本木ヒルズでナナと落ち合う。六本木通りから入ってすぐ、広場になっているエリアだ。

「わ、なに。ユキオ、なんか顔変わってない？」

ナナは会うなりそんなことを言いだした。

「は？　整形とかしてないぜ？」

「けどなんか変わって見える……。ホストしてた頃はもっと、なんつーか、無気力無感動で、明日世界が終わっても構わねー、みたいな顔だった」

「なんだそれ」

洒落たショートコートに、スリムパンツのナナが「へー」と感心しながら倖生の周囲をぐるりと回った。

「あんた背すじ伸びてない？　昔はもっと猫背だったよ。カオいいのにもったいないなーって、いっつも思ってたんだもんあたし。それに髪の色、すごくいいじゃん。ホストくささが抜け落ちちゃって……なに、今の彼女の影響？」

「いねえよ、そんなん」

彼女ではなく、飼い主だ——とはさすがに言えない。

「マジ？　愛されオーラ出てんだけど」

「バカ言ってないで、早く行こうぜ。見立ててくれたら、メシくらいおごるから」

やったあ、とナナが小さくジャンプする。昔から明るく飾り気のなさが取り柄だったが、そのへんは相変わらずのようだ。

平日なので、さして人出は多くなかった。

青い秋空の下、レフ板を持ったスタッフがうろうろしている。なにか撮影を行っているらしい。このあたりでは特に珍しくもない光景だ。どんな撮影だろうとあたりを見回した時、倖生の目は一点に釘づけになった。

思いも寄らぬ人をそこで見つけたからだ。

「ユキオ？」

ナナに声をかけられたが動けない。

その人のネクタイが風にはためいている。

スーツの上着を手にした、姿勢のよい長身。鼻梁《びりよう》の美しい横顔。もしかしたら彼がモデルなのかと思ってしまうほどの佇《たたず》まい。

十メートルと離れていない場所に、轡田がいる。

最初にあれ、という顔をしたのは轡田の横に立つ男だった。先週末、倖生が熱を出した時に来てくれた……確か、岡という名前だ。

岡が倖生に気がついて、軽く手を振る。

「ユキオ、知ってる人？」

「え……あ、ああ」

「へー。芸能関係かなあ。ふたりとも顔面偏差値、高ッ」

岡になにか言われて、轡田がゆっくりとこちらを向く。

ビル風に、轡田の前髪が乱されて、それだけでなぜかどきりとする。

目が合った。

ほんの一、二秒だ。

轡田はすぐに視線を外してしまう。一呼吸ぶんもなかった。身体の向きを直し、倖生に完全に背中を向ける。

鮮やかに無視された。

倖生の姿など、見えないかのように無視された。

犬でいる間は、あんなにも熱心に見つめてくれるのに。

優しく触れてくれるのに。熱を出せば、ずっとそばについていてくれるのに——二本の脚で立っているだけで、無視される。

「どしたの、ユキオ。顔色悪い」

「……なんでもない。行こう」

作り笑顔を見せて、ナナと歩きだす。

歩き方がぎくしゃくしてしまった。身体が戸惑っているのだ。轡田を見た途端、四つ脚で過ごす感覚に支配されてしまったらしい。

膝が疼く。地面を恋しがるように疼く。

家と中庭以外の轡田を見るのは初めてだった。岡と一緒ということは、仕事なのだろう。あの撮影となにか関係あるのだろうか。

倖生の知らない轡田だった。

倖生を必要としていない、轡田だった。

息が詰まる。

まるで胸に杭を打ち込まれたようだ。ダメージの大きさに、倖生は自分で驚いていた。最初からわかりきっていたことではないか。轡田にとって価値があるのは、犬である時の倖生だけなのだ。人間の倖生ではなく、犬のユキなのだ。

足が止まる。

二本の脚が止まって、歩くのがいやになる。この場で膝をついて這い回りたくなる。

「ユキオ？」

ストッパーになってくれたのはナナだった。都会の街で連れが犬の真似をし始めたら、彼女の立場はない。倖生ひとりだったら、本当にやっていたかもしれない。

「ごめん……なんか、ちょっと俺……」

声が震えて、顔が上げられない。胃が痛んで、むかむかする。

「いいよいいよ、今日はやめにしよ？　真っ青だもん。また今度つきあうから」

ナナは倖生をいたわり、タクシーを捕まえてくれた。

車の中でもずっと気分の悪さは続き、ドライバーがルームミラーで倖生を気にしていた。吐かれたら大変だとでも思っていたのだろう。

アパートに帰り着き、その日はずっと布団にくるまってじっとしていた。携帯電話だけは枕元に用意して、田所からの電話を待ち侘びた。

轡田の目を思い出す。

すぐに逸らされた視線。おまえなど知らないと言わんばかりの態度。

犬でいい。

あんたが欲しいのが犬の俺なら、それでいい。

だから早く呼んでほしい。

ちゃんと言うことを聞くから。コマンドにすぐ反応するから。這ったままで綺麗に歩くから。ステイと言われればずっとずっと、じっとしているから。

「……ふ……」


汗臭い毛布の中で、倖生は不自然に笑った。

犬になりたくてしょうがないだなんて。

自分はだいぶおかしくなっている。でもそんなのはもう、どうでもいい。しょうがない。おかしくしたのは轡田なのだから、彼が責任を取るべきじゃないのか。

けれどその日、電話は鳴らなかった。

翌金曜日になっても同じだ。

倖生はアパートに閉じこもり、ろくに食事も摂らずにぼんやりと過ごしていた。気にしているのは携帯電話だけで、トイレに入る時ですら離さなかった。

土曜の朝になっても電話がない。

午前十時、倖生は布団から這い出した。いつもならばすでに轡田邸に到着している時間だ。

シャワーを浴びて、身支度をする。

持っている中では多少ましな服、ピンストライプのシャツにコットンパンツを身につけて、鏡を見る。目が腫《は》れぼったいのはほとんど眠っていないせいだ。横になってはいたが、浅く眠るたび、電話が鳴る夢を見て跳ね起きた。

アパートを出て、駅に向かう。轡田の家に行こうと思った。

呼ばれてもいないのに客の家に押しかけるのは、Pet Loversでは厳禁とされている行為だ。ばれたらクビは免れない。けれどとても待っていられなかった。このままでは心も身体もおかしくなりそうだ。

呼び鈴を押して、留守ならばいい。轡田がいなければなんの問題もない。仕事の都合で今週末は倖生を呼べなかった、それだけのことだ。

もしも轡田がいたなら——そこですべてがお終《しま》いになるのかもしれない。お終いでいいと思ったわけではない。そうなってほしくない。

ただ、なにもわからない今の状態はもう耐え切れない。轡田がいないことを祈りながら、倖生は地下鉄に揺られる。

目的駅で降りて、しばらく歩く。轡田邸が見えてくると、足の動きが鈍くなった。確かめたいのに、確かめるのが怖い。

中庭は大きく手を入れたが、前庭は刈り込みをしただけだ。古ぼけた外観は変わらず、塀には蔦が絡みついている。

呼び鈴を押すのに、何分かかっただろうか。

立ち尽くす倖生を、通りすがりの人が訝しんで見る。たっぷり数分迷って、ようやく呼び鈴に指を当てた。そこから力を入れるのに、さらに十秒はかかった気がする。

インターホンが鳴る。

倖生は息を殺して待った。返事がないことを待った。

期待は、裏切られた。

『――はい』

独特のテノール。轡田の声だった。

途端に倖生の心臓がビクンと大きく跳ね、次には凍りついた。轡田は在宅していた。いるのに、倖生を呼ばなかった。そして倖生は禁じられているのに、ここを訪ねてしまった。

『……なにをしている』

インターホンはモニターつきだ。轡田には倖生が見えている。

なにをしている？

一言でいえば、絶望しているのだ。

言葉も失うほどに、衝撃を受けているのだ。倖生はずるりと足を引きずり、一歩下がる。帰らなければ。確かめたのだから、もう帰らなければ。

扉が開いた。轡田が立っている。いつもの黒いシャツと黒いスラックス。いつも通りの、無表情な……いや、僅かに動揺しているのだろうか。眉根を軽く寄せて倖生を見ている。なんでもない、もう帰るから――動かすべき舌はすっかり強ばっていた。

気持ちを落ち着かせようと視線を落とし、三和土《たたき》に一足の靴を見る。

リザード革を使ったバガットのシューズ……。

どう考えても、轡田が履くとは思えない癖のあるデザインが目に飛び込んだ時、倖生は我を忘れた。

轡田の脇をすり抜け、許可も得ずに家の中に入り込む。

ずかずかと歩き、リビングに押し入った瞬間、怒りで頭の中が真っ白になった。

シュウが……いや、犬がいる。

倖生以外の犬がいるのだ。

上半身は裸体で、下はハーレムパンツ。首輪は赤でダウンの姿勢を取り、よりによって、倖生の一番お気に入りのラグに乗っている。コルク床の上には水を入れたボウル。それもまた、いつも倖生が使っている美しいボーンチャイナ。

許せなかった。

許せるはずがなかった。

そこは俺の場所だ。俺の皿だ。この家にいていい犬は、俺だけだ。

「ユ、ユキオ？」

突然現れた倖生に、シュウはぽかんとした顔を見せた。その阿呆面《あほづら》に大股で歩み寄り、首輪を摑《つか》んで引きずり立たせる。

「な……っ」

シュウが言葉を発するより早く、顔面を殴りつけた。

まともに拳を喰らったシュウは、横方向によろけてソファに崩れる。驚愕《きょうがく》に見開かれた目が倖生を見る。口からは血が流れていたが、倖生の怒りは収まらなかった。

全身の皮膚がびりびりする。

それほど激しく、倖生は怒っていた。シュウに対してだけではない。自分以外の犬をオーダーした轡田に対する怒りも大きい。しかし飼い主を責めることはできない。倖生は轡田の専属だが、轡田には別の犬を呼ぶ自由がある。客なのだからあたりまえだ。理屈ではわかっているのだ。

けれど心がいやだと叫ぶ。

怒りが倖生を動かしていた。再びシュウの首輪を引っ摑んで立たせる。グゥゥ、とシュウの喉が苦しげに鳴り、顔が歪む。

そのままサンルームに引っ張っていき、掃き出し窓を開けた。

「ユキオ、てめ、なにす……うわっ」

テラスに向かって、思い切り突き飛ばす。自らもウッドデッキに下りて、尻餅をついているシュウに襲いかかった。

思い知らせてやらなければと思った。

ここで犬になっていいのは俺だけだ。轡田のコマンドに従うのは俺だけだ。あの大きな手から餌をもらうのは、俺だけなのだ。

「ユキ！」

背中から轡田の声が聞こえる。

振り返らなくてはと思うのだが、暴力の衝動は大きい。シュウを殴る手を止められない。苦手な血の色を見てもなお、自分を止めることができない。轡田に後ろから抱えられても、倖生はまだシュウを殴ろうとしていた。

「ユキ、やめなさい。やめるんだ……No!」

強い調子でコマンドを与えられ、身体が竦む。

「No……彼から離れなさい、今すぐ」

肩で息をしながら、倖生は膝立ちになりじりじりと身体を退いた。

シュウは鼻血をだらだら流し、身体を丸めて「ちくしょう、なんだよォ」と小さく悪態をついている。轡田が自分のハンカチでシュウの血を拭い、顔を覗き込む。

「鼻血と……口が少し切れたようだ。大丈夫、歯は欠けてないし鼻の骨もなんともない。すぐに冷やしたほうがいいな。それでも多少は腫れると思うが」

「なんで俺がこんな目に……」

「さあ、洗面所に案内するから」

シュウを誘って、轡田も奥の洗面室へと行ってしまった。

倖生は、その場でへなへなと崩れ落ちる。

拳が痛い。何発殴っただろうか——一方的な暴力だった。シュウはなにも悪くない。これはもう立派な犯罪だ。傷害罪だ。しかも、轡田の目の前でキレたのだ。

最悪の展開になってしまった。

項垂《うなだ》れ、四つ脚になってリビングに入る。轡田たちはまだ戻っていない。さっきまでシュウに乗っ取られていたラグの上で丸くなった。前肢《まえあし》代わりの手でラグを引き寄せ、そのドレープに顔を埋めた。最悪だ、と何度も心で繰り返す。

暴力は嫌いなはずなのに。

夜の街でいきがって、威嚇して、時に恫喝《どうかつ》したとしても、手を上げることはなかった。さんざん殴られた子供の頃、こんな大人にだけはなるまいと思っていたからだ。

なのに、衝動を抑えられなかった。

そういえば誰かが言っていた。テレビで、教育者とか研究者とか、なんだか偉い感じの人が言っていた。暴力は繰り返されるのだと。暴力を受けて育てば、その子は暴力を振るうようになるのだと。それを聞いて、ひどく腹が立った。そうじゃない奴だって、いっぱいいるだろうと思った。そして自分も、その悪循環に巻き込まれないひとりだと、その時は思っていた。

でも違った。

俺はやっぱりろくでなしなのだと、つくづく身に染みる。

どれくらいそのままでいただろうか。

玄関扉の開閉音が聞こえる。

どうやらシュウが帰ったらしい。追い出されるのは自分だとばかり思っていた倖生がおずおずと顔を上げた時、ちょうど轡田がリビングに入ってきた。

右手には、ここしばらく使っていなかった乗馬鞭を持っている。

倖生を見つめて一歩ずつ近寄りながら、ヒュッと軽く鞭を鳴らした。

打たれるのだろうか。

恐怖と期待が倖生の中で同時に芽吹く。どんなにか痛いだろうという恐怖、打たれたら許してもらえるだろうかという期待。

轡田の足が目の前まで迫る。

ラグの上で蹲《うずくま》ったまま、倖生は待った。伏せの姿勢のままで、じっと待った。震えている背中が、轡田には見えるだろうか。シャツに血が滲むのだろうか。

だがなかなか鞭は振り下ろされない。

「……困った子だ」

その代わりに、声が降ってくる。

「――いや、私が間違っていたのか。そういえば、犬というのは、なによりテリトリーを重んじる動物だった。新参者に噛みつくのは無理もないのか。もっとも……」

鞭の先端が軽く頭部に触れる。頭を上げろの合図だ。目を合わせる勇気はないまま、倖生はなんとか頭を上げてみせた。

「噛みつくのではなく、殴りかかっていた。ずいぶんと乱暴な犬だ」

語尾に微かな笑みを感じる。注意深く聞かなければわからない程度ではあったが、確かにひっそりと笑っていた。倖生はそろそろと視線を上げる。

轡田の顔に怒りの色はない。むしろ、いつもよりも上機嫌に見えた。

「その場所を取られて悔しかったか？」

瞬きでイエスと答える。

倖生はブランケットをしっかりと咥え、ウゥと喉を鳴らしてみせた。

「ああ。そうだ。そのブランケットはおまえのものだよ、ユキ。ほかの犬に触れさせた私が悪かった。おまえがそんなに執着していると……知らなかったんだ」

片膝をついた轡田に「Come」と呼ばれる。

倖生はブランケットを離し、四つ脚で飼い主へとにじり寄る。広がっている腕の中に入り、顔を肩口に乗せた。轡田の匂いを嗅いで、心から安堵した。同時に泣きだしたいような気持ちになった。

ああ、そうか。

ケットではない。

お気に入りのラグでもない。

倖生が奪われたくなかったのは、この飼い主なのだ。

「悪かった」

轡田が謝り、頭を撫でてくれる。

「もうほかの犬は呼ばない。約束する」

真摯《しんし》な言葉が胸に届き、目に涙が滲む。けれど犬は泣いたりしないから、懸命に瞬きを繰り返して涙を乾かそうとした。

それから倖生はいつものように着替えて、黒い首輪を塡めてもらう。

金具がパチンと嚙み合う音に、これほどの安堵を覚えたことはなかった。革の感触に満ち足りた気分になる。この首輪をつけている限り、倖生は轡田の犬として愛され、庇護《ひご》されるのだ。たとえ外では無視されたとしても、この首輪が倖生と轡田を繋いでくれる。それだけで充分ではないか。広い世界で死んだように生きているより、この小さな空間で満ち足りているほうが、はるかに幸せなのだから。

「首輪を変えよう」

きちんとお座りしている倖生の頰を撫でて轡田は言った。

「もう少し細いデザインにして……装飾もつけてみよう。首飾りのようにすれば、おまえを外に連れていける」

外？

倖生は目を見開いて、轡田を見た。

「犬には散歩が必要だろう？」

唇を撫でながら飼い主が微笑む。こんな笑みを見るのは初めてだ。

倖生は嬉しくてたまらず、轡田の指をぺろりと舐めた。

4

秋の気配がぐんと深まった。

空の青が綺麗に見える、心地よい季節だ。

梢《こずえ》を渡る風を受けながら、倖生は静かに目を閉じる。

耳を澄ませば、清流のせせらぎではなく国道を流れる車の音が聞こえてくる。風情はないが、ここは都心の青山《あおやま》なのだから仕方ない。それでも裏通りにあるオープンカフェは、土地柄のせいか外国人の客が多く、ちょっとした旅情を感じられる。

こんなカフェで昼間からシャンパンを味わう心地よさは、倖生にとって初めての体験だった。

「酔うといけないからな」

轡田が注文してくれたのは、半分オレンジジュースで割ったミモザだ。柑橘《かんきつ》の香りが発泡酒に溶け込んで、このうえなく美味だった。美味しいかいと問われ、微笑みで答える。

「ならば今度、家でもそうしてあげよう。……贅沢な犬だ」

最後のセリフをごく低く呟き、目元だけで笑う。

倖生がシュウを殴ってしまった翌週末、轡田は約束を守ってくれた。

つまり散歩に連れ出してくれたのだ。

散歩といっても、まさか半裸で四つん這いになり、首輪にリードをつけて引っ張ってもらうわけにはいかない。そんなことをしたら、警察に通報される。

――人間のふりをしなさい。

轡田は倖生に言った。

――おまえは本当は犬だよ。私の犬だ。でも散歩の間だけは、人間のふりをしていなさい。二本脚で歩き、喋ってもいい。ただし首輪は必ずつけているように。おまえが私のものであるという印だからね。

倖生の首輪は、よりアクセサリーに近く加工されていた。革の幅が細くなり、留め具もずっと繊細になっている。前部の中央には小さな輪状の金具がつけ足されており、なにかを下げるための細工に思える。

「ユキ」

呼ばれて、閉じていた目を開ける。今日の轡田は、珍しく黒ずくめではない。シルクが入った素材のスーツはアイボリー、インに着たシャツだけが黒い。

さっきまで読んでいた英字新聞をテーブルに置いた飼い主は、道行く人がチラチラと気にせずにはいられないほどの美しさだ。

轡田は、倖生の服まで用意してくれていた。白い細身のパンツに鮮やかなブルーのジャケットである。サイズがぴったりなことにも驚いたが、この綺麗な配色が自分をいつもよりずっと品のいい男に見せてくれることにも驚いた。普段の倖生は茶やカーキなど、くすんだ色味の服が多い。なんとなく、それが自分に似合いだと思い込んでいた。

「食べなさい」

轡田はカッテージチーズとオリーブの載ったカナッペを手に取って差し出す。

餌をもらえるのだ。

見えない尻尾《しっぽ》を振る気持ちで、倖生は身体を軽く乗り出す。

その手からカナッペを食べる。

サクッとクラッカーを噛み砕き、オリーブの塩気を舌に感じる。轡田の指先についたカッテージチーズまで綺麗に舐め取った。隣のテーブルの白人男性がこちらを見ているのはわかったが、気にはならない。この手から与えられる食べ物はどんなものでも美味だ。最後に指先を軽く甘噛みして感謝の気持ちを伝える。

言葉で「ありがとう」とは言わない。

喋ってもいいと轡田は言ったが、倖生はほとんど言葉を口にはしなかった。それでもちっとも困ることはない。視線でのコミュニケーションにすっかり慣れていたし、時にそれは百の言葉よりも雄弁に思えた。

轡田の家の前でうろついていた男の件は、未《いま》だに話していない。どう話したらいいのかわからなかったのもあるし、話すのが怖かったのもある。轡田の過去が気にならないわけではないが、『犬』がそれを問い質《ただ》せるはずもない。今がよければそれでいい。『犬』にとっては現在がすべてだ。

三時過ぎにカフェを出る。

そのあと、轡田が足を向けたのは、ごく小さいが品のいい宝飾店だった。佇まいからして、老舗《しにせ》なのではないだろうか。白髪交じりの店主は轡田の顔を見ると「お待ちしておりました」とにこやかに頭を下げる。

「できてるかな？」

「はい、轡田様、仕上がっております。こちらでございます」

ビロードのトレイに載せられて出てきたのは、銀色のクロスだった。そう大きなものではなく、縦の長さは三センチほどだろう。まばゆく輝いているのは、縦横にずらりとダイヤモンドらしき石が並んでいるからだ。この豪華なクロスがいくらするのか、倖生には見当もつかなかった。

綺麗なものだなと思いながらも、轡田が身につけるにはイメージが違う気もした。

事実、今まで轡田がアクセサリーの類《たぐい》をつけているのを見たことがない。

「カラーはD、クラリティはVVS1の石を厳選いたしました。すべて原産地の明確なものです。エッジは丁寧に加工いたしましたので、首に当たっても滑らかかと」

「ああ、綺麗だ」

「どうぞお試しくださいませ」

店主に促され、轡田がクロスを手にする。横にいた倖生の顎下に軽く指を差し入れ、上を向かせた。

え、と思う間に、首輪にクロスが下げられる。

顔の位置を戻され、轡田はクロスの位置をごく慎重に確認すると「いいようだな」と頷いてみせる。ショーケースの上に置かれた鏡で、倖生は自分の首に下がるクロスを見た。

きらきらと……光っている。

「よくお似合いでございます」

つまりこれは、倖生のためのクロスだったのだ。

驚きのあまり言葉もないままに轡田を見ると「ダイヤは趣味じゃないか？」などと聞かれる。慌てて首を横に振り、そっと自分の指先でクロスに触れた。

ひんやりと冷たかったクロスは、次第に倖生の体温に馴染《なじ》んでいく。

「首が長いから、引き立つな」

轡田も満足げな顔を見せていた。

嬉しい。すごく嬉しい。

感謝を伝えたくてたまらないのだが、ここで抱きついて轡田の頬や耳の下を舐めるわけにもいかない。仕方ないので小さく「ありがとう」と言うに止《とど》めておいた。自然と頬が緩み、轡田に笑いかける。轡田もまた、微かに笑みを浮かべていた。

店主に見送られ、轡田と倖生は店を出る。

歩くたびに揺れるクロスが嬉しくて、倖生の歩調までもが軽くなる。いっそこの首輪をずっとしていたいと思った。轡田と会っていない時もずっとだ。そうすれば、常に飼い主のことを考えていられると思う。もっとも、こんな高価なクロスがついてしまった以上、首輪は毎回轡田に返さないわけにはいかないだろう。

「社長？　社長じゃないですか。こんなところでなにをなさってるんです？」

轡田に声がかかったのは、交差点近くでタクシーを待っていた時だった。

「……岡」

「ここまでいらしてるなら事務所に顔を出してくれればいいのに。今さっき篠塚《しのづか》先生からも電話が……やあ、きみもいたのか。ええと、ユキくんだっけ？」

スーツ姿の岡が、にこやかな顔を倖生に向ける。顔を見るのはこれで三度目になるが、まともに言葉を交わすのは初めてだ。倖生は軽く頭を下げ、今更ではあるが、熱を出した時の礼を述べた。

「えっと……あの時はお世話になりました」

高熱だったため記憶は曖昧《あいまい》だが、確か岡が薬を持ってきてくれたはずだ。轡田との会話をぼんやりと覚えている。

「いえいえ。もうすっかりよさそうだね。あ、そういえば先週も六本木で会ったか」

「あ……はい」

轡田に無視された日である。

今日はとても幸福な気分なのだから、あの日のことはあまり思い出したくなかった。また轡田と街中で偶然出くわすことがあったら――やはり無視されてしまうのだろうか。この首輪が下がっていない限り、倖生の存在は――。

「この間も思ったんだけど……きみ、頭小さいねえ」

岡の唐突な言葉に、倖生の思考は中断する。

「手足も長いし、遠目で見ると日本人じゃないみたいだ。身長何センチ？」

「え？　ああ、一八二くらいです」

ふうん、と岡が倖生の頭からつま先までを眺める。

「ちょっと、回ってみて?」

「は?」

「くるっと、一回転してみてくれないかな」

意味がわからず、戸惑う。まさか犬として『おまわり』を要求されているわけではないだろう。助けを求めるように轡田を見ると、いつになく渋い顔の飼い主が「岡」と窘《たしな》める声を出した。

「こんなところでなにを言いだすんだ。で、篠塚先生がなんだって?」

「ああ、そうでした。先生おかんむりなんですよ。前回のリハで、タツヤがまた余計な口を利いたようで」

「またあいつか……」

「おたくはどういう教育をしているんだって、僕は一時間説教されました。社長からもフォローを入れておいたほうがよろしいかと思いますが」

ふう、と轡田がため息をつく。なにかトラブルらしい。

横にいる倖生を見て「仕事場に寄ってもいいか」と尋ねる。倖生はすぐに頷いた。いいも悪いもない。散歩の行き先は飼い主の自由なのだ。それに、轡田の職場が見られるのは嬉しい——と思った矢先、

「事務所はこの近くだ。向かいにカフェがあるから、そこで待っているといい」

などと言われてしまう。あてが外れてやや落胆した。せっかく轡田がなにを生業《なりわい》にしているのかがわかると思ったのに。

しかし話はそこで終わらなかった。

「いいじゃないですか、ユキくんにも事務所に来てもらいましょう。僕がお茶くらい出します」

「いや……」

「それに社長、あのカフェは日曜は休みです」

岡の言葉に、轡田も「仕方ないな」としぶしぶ承知する。倖生に職場を見せるのがいやなのだろうか。だとしたら、無理についていくつもりは毛頭ない。

「あの……俺なら、どこでも時間を潰せるから」

「いいんだよ、ユキくん。遠慮しないでおいで。ぜひおいで」

返事をしたのは岡のほうだった。

ほらほらと倖生の腕を軽く引き、歩きだそうとする。困った倖生が轡田の顔色を窺うと、諦めたように「一緒に来なさい」と言った。

命令されてやっと、倖生は自分の足を踏み出せる。

事務所は本当に近く、五分も歩かずに到着する。まだ新しい、洒落たビルの三階だ。入り口には銀色のプレートに『Cherubino』と書いてあった。

なんて読むのだろうと見つめていると岡が「ケルビーノ、だよ」と教えてくれた。

「智天使という意味だ。さ、どうぞ、入って入って」

事務所の中は洗練された空間だった。

広さはさほどではないが、事務机だのファックスだのが並んでいる一般的な事務所とはまったく違う。モノトーンをベースにした都会的な内装で、真っ白な壁にはいくつものパネルがかけられている。どれも美しい人物写真で、商品広告やファッションショーのものが多かった。

ここまでくれば倖生にも察しがつく。

ここはモデルエージェンシーなのだ。

パネルの中には、倖生が雑誌でよく見かける男性モデルの顔もあった。

「私は仕事を片づけるから、そっちの部屋で待っていなさい」

轡田に言われて、コクンと頷く。

事務所と続き部屋になっている一室は打ち合わせなどをするスペースなのだろう、楕円《だえん》のテーブルと椅子が置いてあった。隅に姿見とハンガーラックもある。岡が出してくれたコーヒーを飲みながら、倖生は暇潰《ひまつぶ》しにテーブルに置かれた雑誌を捲《めく》った。

男性向けのファッション誌だ。

ランウェイを闊歩《かっぽ》するモデルたちはみな美しい。

轡田は常日頃から、人並み外れて美しい男女に囲まれているわけだ。いくらでも恋愛の相手は見つかりそうである。なのにわざわざ『犬』をオーダーするのはなぜだろうかと考える。……いや、逆だろうか。『犬』の真似など、金を払った相手にしかさせられないということなのだろうか？

そうか、と倖生は気がつく。

轡田は『犬』と性的な接触を持つわけではないのだから、恋人を『犬』にするのはあり得ない。『犬』としていくら愛されようと、それは恋愛ではないのだ。当然のことではないか。

では、轡田に交際相手はいるのだろうか。

いない気がする。八月からこっち、ほとんどの週末を轡田と共に過ごしたが、恋人の影はちらつかなかった。少なくとも、今現在に限っては、轡田のプライベートの大部分は倖生との時間に充てられているはずだ。

ならば、この先、轡田に特定の相手が現れたら……？

その時、倖生はどうなるのだろう。

飼い主との縁が切れた生活を想像して、倖生は慄然《りつぜん》とする。

轡田に命令されない。轡田に頭を撫でてもらえない。ブランケットの引っ張り合いをして遊ぶこともない。あの手から餌をもらうこともできない。

もし、そんなことになったら――。

恐ろしい思考を遮ったのは軽いノックの音だった。

倖生が入ってきた扉ではなく、奥にある引き戸が開いて岡が顔を出す。戸棚かなにかかと思っていたので、驚いてしまった。

「ユキくん、いい？」

「社長はまだ電話中なんだ。ちょっとこっち来てくれるかな？」

手招きされて、立ち上がる。

引き戸の奥に足を踏み入れると、そこには想像以上に広い空間が広がっていた。

白い壁に照明器具、レフ板――撮影スタジオだ。とすると、倖生が今までいた小部屋はモデルの控え室だったのかもしれない。

「もうわかってると思うけど、うちはいわゆるモデル事務所でね。ここで新人モデルの撮影なんかをするんだよ。ブック用のとか」

岡は倖生をスタジオの中央に導いて言った。

「ブック？」

「モデル各自の写真集みたいなものだよ。つまり宣材だね。それをブックって呼ぶんだ。こちらはカメラマンの瀬崎《せざき》さん。よくうちの子たちを撮ってもらってる」

やあ、と四十前後の男性が一眼レフを片手に笑顔を向ける。

無精髭にくたくたのジーンズ、年季の入ったTシャツというラフなスタイルが、いかにもカメラマンっぽい。

「うん、いいね、岡さん」

「いいでしょう。ちょうど瀬崎さんがいてよかった。見てください、この首。バレエダンサーみたいなラインだ」

「だね。こういう色気のある首って、男にはなかなかいない。お、綺麗なチョーカーしてるなあ」

「腰も高いですし。ユキくんはハーフってわけじゃないんだよね？」

「そういうわけじゃ……あの？」

岡と瀬崎に挟まれて、戸惑う倖生に「ごめんごめん」と岡が謝る。

「突然で驚いたかな。ねえユキくん、ちょっと写真撮らせてくれない？」

「写真？」

「そう。最初に見た時から顔が綺麗なのはわかってたけど、六本木で全身を見た時にピンときちゃったんだよね。モデルの仕事、興味ない？」

「いや、俺は……」

顔だけはいい倖生である。過去にスカウトされたことがないわけではない。十八から二十歳くらいの頃、何度か街中で声をかけられた。

いかにも怪しい事務所もあれば、有名どころもあったように思う。けれど倖生は断り続けた。ファッションには興味がなかったし、カメラに向かってニッコリ笑うなんてことは、自分にはとうてい無理だと思ったからだ。

「そういうの、苦手で」

「やるやらないは別にしてさ、撮るだけ撮ってみない？　服もそのままでいいし」

「でも」

「魅力的な男性モデルが不足気味でね。きっと社長も喜ぶと思うんだけど」

「……轡田さんが？」

「そう。綺麗な子だろうって、きみのこと自慢してたし」

自慢……轡田が、自慢していた？

本当だろうか。本当にそんなことを言ったのだろうか。

「さあ、ほらこのへんに立って」

岡は結構強引なタイプだった。倖生は引っ張られるようにしてカメラの前に立たされてしまう。戸惑いは消えないものの、轡田が喜んでくれるなら、写真くらいいいかも——そんなふうに思い始めていた。

とはいえ、ポーズの取り方など知るはずもない。

カメラの前で身体を硬くしている倖生に瀬崎が声をかけてくれる。

「普通にしてればいいんだよ。えーと、ちょっと斜めに立ってみようか。……そうそう、顔だけこっち。はは、そんなに緊張しないで。お喋りしながらでいいんだ」

　不慣れな新人には慣れているのだろう、瀬崎はとても話し上手だった。他愛ない世間話を倖生に振りながらシャッターを切り続け、少しずつ倖生をリラックスさせていく。中でも轡田の話題は倖生の興味を引いた。

「ここの社長って、ぱっと見は無愛想だけど、結構優しいとこある人だよね」

「……俺もそう思うけど……」

「責任感も強くてね。まだ海外ロケに慣れてないモデルなんかだと、同行して様子を見守ったり……はい、ちょっと重心右に。そうそう」

　ああ、そうか、それで旅行が多いのかと納得した倖生だった。

「まだ若いのにやり手だしさ。ここ何年かで、五大コレクションに何人も出してるよ。特に男性モデルに強いんだよな。えーと、ユキくん、シャツのボタン、もうひとつ開けてみようか」

「え？　ああ……こう？」

「そうそう。鎖骨が綺麗だからね。あと、そのチョーカーちょっと取ってもらっていいかな」

「これは……」

「かっこいいんだけど、首のラインを撮りたいから」

壁際に待機していた岡が寄ってきて「ちょっとごめんね」と倖生の背後に回る。

どうしよう――倖生は迷った。

これはチョーカーではなく、首輪なのだ。轡田といる時には、いつもつけていなければいけないものだ。やすやすと外すわけにはいかない。けれどプロのカメラマンに外してくれと言われたんだし……そもそもこの撮影も、轡田の役に立つだろうかと引き受けたのだから……ちょっとくらい、外しても構わないだろう。撮影が終わったら、またすぐにつければいい。

「すごいな、これ本物のダイヤ……じゃないよね？」

首輪を外す岡に聞かれたが、曖昧に笑ってごまかした。

何時間かぶりに首が解放され、なんとも心許《こころもと》ない気分だ。

「オーケー、じゃあ今度は座ってみようか。うん、その椅子使って、こう、背もたれのほうを抱えるみたいに……そうそう、ちょっと笑って？」

おかしくもないのに笑うのはやはり難しかった。どうしても目に余計な力が入り、不自然な表情になってしまう。

「すみません……なんか、うまく笑えなくて」

「そんなことないよ。肩の力を抜いてみようか。……ユキくん、最近いつ笑った？」

「最近ですか？」

そう、とシャッターを切りながら瀬崎が言う。

「なんか嬉しかったこととか、おかしかったこととか、あったでしょ。どんな時だった？　誰と一緒で、なにしてる時？」

最近……つい、さっき。

轡田がクロスを買って、倖生につけてくれた時、とても嬉しくて自然に微笑んだ。

わざわざ倖生の首輪のために、特別に誂《あつら》えてくれたクロス。

——首が長いから、引き立つな。

優しい声で言ってくれた。轡田は倖生の首がお気に入りなのだ。だからあんなに美しいクロスを作ってくれたのだ。

「そう、その顔、いいね！」

いつのまにか、自然に笑みが零れていたようだ。

「軽く仰け反ってみようか。ああ、髪が流れてすごくいいな」

轡田のことを考えていれば、自然に柔らかい表情ができると気づいた。この部屋に、瀬崎のすぐ横に、轡田がいると想像すればいいのだ。それはさほど難しいことではなかった。

なぜなら、倖生はいつでも考えているからだ。

会っている時も、会っていない時も、轡田のことばかり考えている。倖生を見ている轡田、倖生を呼ぶ轡田、倖生の口に餌を運んでくれる轡田――。

「おお……色っぽく笑えるじゃないユキくん、いいよ、その顔いただき！」

シャッター音が続く。

いつのまにか、その音が心地よく感じられるようになってきた。

「うん、目を閉じてみようか。物思いにふける感じで――いいねえ！」

瞼を閉ざして倖生は考える。

写真は綺麗にできあがるだろうか。それを見たら、轡田は喜んでくれるだろうか。犬でいる以外にも……倖生の存在価値を感じてくれるだろうか。

「やめろ」

突然の冷たい声に、シャッター音が途切れる。

ぎくりと目を開けた倖生が見たのは、スタジオの扉を開けている轡田だった。

「誰が写真など撮れと言った？」

強く寄せられた眉。声も明らかに不機嫌だった。岡が場を取りなすように「僕です、僕」とわざと明るい声を立てる。

「だって社長、こんな逸材が身近にいるのに放っておけないですよ」

「これはモデルではない」

これ、と言われた。

名前すら呼んでもらえないのは、倖生が犬だからなのか。

今までの高揚感が急速に萎《しぼ》み、倖生はおずおずと壁まで下がる。瀬崎もほとほと困った顔で頭を掻《か》いていた。

「や、社長、深い意味はなくてですね。俺もちょっと撮ってみたかったし」

「深い意味がないなら、尚更撮影の必要などないだろう」

「いえ、意味はあります」

開き直ったかのように岡が言う。

「ユキくんは滅多にない原石ですよ。もちろん基本的なレッスンは受けてもらわなきゃならないし、筋肉ももっとつけたほうがいい。半年もあれば仕上がるでしょう。有能な経営者ならば、逃す手はないかと」

「本人がやりたがっているのか？」

轡田が倖生を見据えて聞いた。急いで首を横に振る。やらない。モデルなんかやらない——轡田がそんな顔をするなら、絶対にしない。

「ユキくん……」

岡がそりゃないよ、という顔をした。

「結論は出たようだな。岡、それを返せ」

「え」

「チョーカーを返せ」

きつい口調で言い、岡の差し出したチョーカーを受け取る。

それから倖生を一瞥《いちべつ》し「帰るぞ」とぞんざいに言い放ち、さっさとひとりで歩きだしてしまう。倖生は慌てて轡田のあとを追おうとし、一応一度だけ振り返って岡と瀬崎に頭を下げる。

「待って、ユキくん」

岡が駆け寄ってきて、名刺を渡す。

「モデルの件、真剣に考えてごらん。もったいないよ、きみがあんな仕事を……いや、ごめん。でも本当に、考えてみて。連絡待ってるから」

あんな仕事、と言われてしまった。

岡はすべて承知なのだ。倖生は苦笑するしかない。

とりあえず名刺はポケットに突っ込み、もう一度頭を下げて轡田を追う。モデル気分は思ったより悪くなかったが、轡田が気分を害するならば二度とする気はない。よくよく考えてみればおかしな話だ。犬がモデル？　綺麗な服を着て、ランウェイを歩く？　あり得ない。

轡田はすでにビルを出て、道路を歩いている。

倖生は走った。今は二本の脚で駆けた。

轡田に追いつく一歩手前でスピードを緩める。

心の中でヒールのコマンドを、自分自身に唱える。轡田と並んで歩かない。一歩後ろ、彼の踵《かかと》につくように歩く――そこが犬のいるべき位置だ。

轡田はなにも言わない。

倖生がすぐ後ろにいることはわかっているはずなのに、振り返りもしない。流しのタクシーを停め、先に車内に入る。この時点でやっと、乗っていいのだろうかと躊躇っている倖生を見た。視線で乗るように促され、いくらか安堵する。一緒に帰ってもいいのだ。

約二十分の乗車中、轡田はほとんど喋らなかった。運転手に住所を告げたのみだ。

タクシーを降りたあとも、玄関の鍵を開け、自分だけさっさとリビングに消える。もともと無口な男だが、こんなふうにぴりぴりした雰囲気を纏《まと》い続けることは少ない。倖生は消えない不安感を抱えたまま、小部屋でいつものように支度をした。ハーレムパンツを穿き、シャツはなかったので着なかった。この家はいつでも適温なので、寒いということはない。

早く首輪をつけてほしかった。勝手なことをする馬鹿な犬だと罵《ののし》ってほしかった。首輪を引っ張られても構わない。叱って、そして許してほしい。

リビングの前で待っていてくれるはずの轡田がいない。

扉は開いている。倖生は四つ脚になり、肩で扉の隙間を広げリビングの中に入った。

部屋が茜《あかね》に染まっている。

サンルームの窓から、赤い夕日が差し込んでいるためだ。この時間帯、リビングの一角は強い西日に晒される。その中に轡田が立っていた。

片手には倖生の首輪を、もう片方の手には乗馬鞭を持っている。

「来なさい」

冷ややかな声でも、呼ばれたことにホッとした。

近づくにつれ、逆光の中で影のように黒かった轡田の姿がはっきりする。足元まで辿り着き、倖生は自ら伏せをした。轡田に機嫌を直してほしかったのだ。

「──写真を撮らせたことについて、おまえを責めるつもりはない」

静かな……怖いほど静かな声が降ってくる。

「おおかた、岡に丸め込まれたのだろう。彼の口のうまさは私もよく承知だ。ビジネスパートナーとしては優秀な男だし、信頼もしているが……時折閉口させられることもある。瀬崎がいたのも、タイミングが悪かった。あのカメラマンも悪のりが好きな男だからな」

自分に言い聞かせる程度の音量で轡田は喋り続ける。

倖生はおとなしく聞きながらも、言葉にし難い違和感を得ていた。いつもの飼い主と様子が違う。こんなふうに、ぶつぶつと喋る人ではないのに。

「……べつにモデルの真似事をしたのは構わない」

微かな音を立てて、コルクの床が軋《きし》む。轡田が膝をついたからだ。

倖生が伏せた顔を上げると、目の前にきらりと光るクロスがぶら下がっていた。

「私が許せないのは、おまえがこれを外したことだ」

鋭い棘《とげ》のように、轡田の言葉が胸に刺さる。

外さないようにと言われたのは確かだ。その約束を違《たが》えたのは悪かったと思っている。だけど、倖生が自ら外したわけではない。あのカメラマンが外すようにと指示したからだ。

「言ったはずだ。この首輪はおまえが私のものであるという印だと」

それは……そうだけれど。

「首輪がなければ、おまえは野良犬だ」

轡田の声が低く掠れる。

「私のものではなくなる。自由になる。——そうなりたかったのか？」

違う、と首を横に振った。

自由？　そんなものはいらない。

倖生が欲しいのは犬の生活だ。轡田の犬でいることだ。

首輪を取り返そうと、革の部分に噛みついて引っ張る。

だが轡田は首輪を与えてはくれない。乗馬鞭で床をぴしりと叩き倖生を威嚇して立ち上がり、首輪を届かない位置に上げてしまった。

倖生も伏せから起き上がり、這ったまま飼い主を見上げる。

スラックスの膝を噛んで引っ張り、その首輪を返してとせがむ。夕焼けを背にした轡田の顔は逆光ではっきり見えない。

「返してほしいか」

轡田が聞く。倖生はクゥと喉の奥を震わせ、さらにスラックスを引っ張る。

「私の犬で……いたいのか？」

口を離し、今度は額を轡田の膝にぐりぐりと押しつけた。

いたいよ。

あんたの犬でいたい。

あんたの犬でいられる時間を、どうか俺から奪ったりしないでくれ。

「……悪い子だ」

倖生はビクリと震えた。

背中に鞭の先端を感じたからだ。冷たい、滑らかな革の感触——。

乗馬鞭の先は小さなへら状になっている。硬い皮膚と体毛に覆われた馬を叩くための鞭である。裸体の人間が打たれたらどれほど痛むのだろう……想像もつかない。

この鞭で叩くことはないと、以前轡田は言っていた。その約束は反故《ほご》でもいい。倖生は首輪を外した。悪い犬なのだから、叩かれても仕方ない。……ああ、違う。わかってる。本物の犬は叩いちゃだめだ。人間に最も身近な獣との信頼関係は、痛みや強制で育めやしない。

けれど倖生は本物の犬ではないから。

偽物の、半端な、人の形をした歪《いびつ》な犬だから。

だからこんなふうに罰を求めてまで、轡田といたいと願うのだ。


「Down」

命じられ、再び伏せの体勢になる。

轡田の足が目の前に出された。舐めなさい、と静かな声が降ってくる。手ならば何度も舐めたが、足を舐めろと言われたのは初めてだった。

差し出された右の裸足に顔を寄せる。最初に、鼻先を甲に擦りつけた。やや甲高な轡田の足は、爪の形まで端整だ。さっきまで外出していた足からは汗の臭いがしたが、嫌悪感はこれっぽっちもわかなかった。

舌を出し、足の甲に浮く血管を辿る。

複雑な経路を作って隆起する血の道路。この血管の中に、轡田の血が流れている。酸素を運び、彼の命を繋いでいる……そう考えたら、とても大切に思えた。舌で軽く押すと凹《へこ》み、またすぐに戻る。足の甲を斜めに、最も太い血管が走っていた。倖生の舌は何度かそこを往復し、最後に親指の近くで方向を変えた。

今度は一本一本の指を舐め始める。

息を呑む音が聞こえた。指の関節が強ばっている。おそらく、かなり擽ったいはずだ。それでも轡田は足を動かそうとはしない。倖生は親指から順に、指にしゃぶりついていく。

しばらくすると、轡田は足のあちこちでぬるぬると舌が這い回る感覚に慣れたらしい。足から余分な力が抜け、その代わりに今度は手を動かし始めた。

「……っ……」

今度は倖生が息を呑む番だった。

鞭の先端が背骨を辿っている。腰から首へゆっくりと——骨の形を確かめるように。一度うなじまで辿り着くと、次は肩胛骨《けんこうこつ》のラインを取る。骨の窪みに鞭の先端が埋まり、倖生はぶるりと胴を震わせた。

「どうした？」

どこか楽しげな声が落ちてくる。

轡田の足に額を押しつけて、倖生は声を押し殺していた。どうしたのかと聞きたいのは倖生のほうだ。操る程度の刺激だというのに、なぜこうも身体が熱くなるのだろうか。背中も性感帯になり得るという話は聞いたことがあるが、自分は関係ないと思っていた。事実今まで背中で性感など得た経験はなかったのだ――この瞬間までは。

「舌が止まっているぞ。続けなさい」

鞭の動きはそのままに、轡田が命じる。

倖生はもう一度舌を出して、轡田の足を舐め始めるが、革の感触が脇腹に届いた瞬間「……あっ……」と、犬は出さないはずの声を立ててしまった。

全身がぶわりと粟立《あわだ》ち、渦巻く熱は下半身に集まってくる。

耐え切れずに顎を引き、轡田の足に頬を押しつける。

いやだ。

そんなふうに触らないでほしい。おかしくなってしまうから。

「……っ……」

鞭の先端は脇から背中へと戻り、次第に下がり始める。ハーレムパンツの上から尻の形を確かめるように動き回り、倖生の呼吸は乱れた。

轡田はもう足を舐めろとは言わない。黙って、鞭を動かす。

倖生に轡田の顔は見えない。

しかし視線ははっきりと感じていた。それは鞭の動きと連動している。言い換えれば、鞭の動きが轡田の視線そのものなのだ。倖生の背を動き回り、身体を熱くし、息を上げさせているのは、まさしく轡田の視線だった。

びくっ、と倖生は肩を竦めた。

鞭の先端が尾てい骨に辿り着く。本物の犬だったなら尾が生えているはずのそこは、信じられないほどに敏感だった。

小さな円を描くように鞭が動く。

「……ぁ……っく……」

倖生は指に力を入れてコルク床に縋《すが》った。

鞭はさらに下がる。

最も奥まった、最も隠しておくべき窪みにその先端が軽く食い込んだ時、倖生は呼吸すらできなくなった。違えようのない、強い性感――その部分を使ったセックスなど経験したことはないのに、小さな孔《あな》がひくついている。

ハーレムパンツの下、性器はとっくに張りつめて薄い布地を押し上げていた。

鞭は何度か尻の狭間《はざま》を往復し、やがて離れる。

轡田が床に膝をついた。

「……悪い子だ」

耳元で囁かれると、身体の奥に甘い電流が走る。

「発情してしまったのか？　……こんなにして」

「……っ！」

布地の上から屹立《きつりつ》に触れられた。

角度を確かめるように下から上へと指でなぞられ、自分の先端がじわりと濡れるのがわかる。恥ずかしくて腰を下げようとしたのだが「だめだ」と制止されてしまう。

「腰だけ上げて、伏せていなさい……脚はもう少し広げて……動くな」

轡田は倖生の姿勢を固定させ、ハーレムパンツをずり下げた。

バックから犯される女のようなスタイルで、なにもかもが剝き出しにされてしまう。勃起した性器を晒《さら》すより、震える排泄孔を見られるのがどうしようもなく恥ずかしい。それでも動くわけにはいかない。飼い主に命令されたのだから。

「……あ……ッ」

轡田の乾いた指が最奥に触れる。咄嗟《とっさ》に腰を引きかけ「Stay」というコマンドにかろうじて動きを止めた。

「おとなしくしなさい。これはお仕置きだ。首輪を外して、私以外に愛嬌《あいきょう》を振りまいた悪い犬は、お仕置きを受けなければいけない」

指は一度窄《すぼ》まりから離れた。

無防備なふたつの膨らみで少し遊び、やがて屹立を握り込む。すっかりぬるついた先端を揉られれば、腰がうごめくのを止めようもない。

「濡らしている」

耳を覆いたくなるセリフを、倖生は額を床に押しつけて耐える。

「ユキ、顔を上げなさい」

上気した顔を見られたくなかったが、命令に逆らうことはできなかった。おずおずと顎を上げると、目の前に轡田の右手がある。

五指のうち中指と人差し指を差し出され「舐めなさい」と命じられた。

「たっぷり唾液をつけて……そう、もっと。もっとだよ、ユキ」

二本の指がぐい、と奥まで侵入し倖生の口内を蹂躙《じゅうりん》する。

「……この指がどこに入るか、わかるだろう?」

告げられて、全身の産毛がざわめいた。この震えはどこからくるのか。快楽、怯《おび》え、期待、恐怖? わからない。わからないまま、倖生は喉近くまで轡田の指を咥え込み、丁寧というよりは必死に舐めた。唾液がだらだらと顎を伝い、床に滴る。ろくに息もしていないせいか、酸欠でくらくらしながら、自分を犯す指を濡らす。

やがて指が引き抜かれ、轡田が倖生の背後に回った。

「さあ……罰を受けるんだ」

甘美な命令が下る。

くぷりと一本目の指が沈み込んできた。痛みはなかったが、奥へと指が進むたびに、言葉にはし難い違和感が生まれる。轡田の美しい指が、自分のあんな場所に入っている。いやだという気持ちを、背徳的な悦楽が押しのけようとする。

轡田の指はゆっくりと動く。

「……ん……ッ……」

愛犬の毛艶《けづや》を確認するのと同じように、倖生自身も知らない、倖生の内部を調べている。

「狭いな……ここはあまり使っていないのか？」

あまりどころか、触れさせるのも初めてだ。濡れた音とともに出し入れされ、その部分が少しずつ綻《ほころ》んでいく。二本目の指が潜り込んでくる頃には、倖生はくぐもった呻き声を殺せなくなっていた。

「……う……っ、く……」

「堪《こら》えるな。――鳴いていい」

いやだと、首を打ち振る。みっともない喘《あえ》ぎ声など聞かせたくない。

倖生は顔を伏せ、喉に力を込め、唇を嚙みしめて耐えた。爪がコルクの床に食い込み、全身の毛穴から汗が滲《にじ》んでくる。

「強情な犬だ」

「……あぁ！」

だが、前立腺《ぜんりつせん》裏を刺激されれば、ひとたまりもなかった。

初めて経験する、ひどく直接的な快楽に身体中の細胞が悲鳴を上げる。屹立は腹につくほどに立ち上がり、透明な雫《しずく》が茎を伝ってぽたりと床に滴った。

「……っ……は、あ……あ、あっ……」

「顔を上げて」

命令に従わなければと思うのに、強すぎる快楽に支配された身体が言うことを聞かない。首が下がって、むしろ額が床に着きそうになる。

「ユキ、顔を上げるんだ」

「ひ……っ、あ！」

ぐりっ、とその箇所を強く擦られ、反射的に顎が上がった。

「目を開けて」

命じられるまで、自分が目を閉じていたことすら知らなかった。

潤む目を開けると、いつのまにか日はすっかり暮れている。

薄明かりだけの部屋で、サンルームのガラスに白い四つ脚の犬が映っていた。

「見えるか？　後ろを弄《いじ》られて感じてる、自分の顔が」

言葉で苛《さいな》みながら、轡田が指の動きを速くする。

「あ……あ、あ……い、や……ッ」

「犬のくせに、いやがるのか？」

ぐちゅぐちゅと出入りするたび、轡田の指先が感じる部分を擦り上げる。

もうやめてほしい、もっと欲しい。

壊れてしまう、壊してほしい。

感情と感覚が交錯し、衝突し、倖生の混乱は激しくなるばかりだった。性感は限界近くまで高まっているのに、性器への刺激がないため吐精できない。自分で握って擦り立てたい欲求に苛まれながら、倖生は止まらなくなった喘ぎを漏らし続けた。

「私の……犬」

背中にぬくもりを感じた。

轡田が覆い被《かぶ》さり、後ろから倖生の肩に口づける。

そうだよ、あんたの犬だ。

俺はあんたの犬……なんでもするから、もう楽にして。達《い》かせて。

言葉で訴えられないもどかしさに身悶《みもだ》える。轡田の指が倖生の唇に触れてきて、その指を食い締めてせがんだ。

もう無理だ。おかしくなる。なんとかして。

身体が内側から崩れそうだった。粉々に崩れ落ちて——次に組み立てられる時は、本当に犬の形ならいいのにと思う。轡田が好きだという、ボルゾイになれればいいのに。美しい白い毛、流線形のボディ、大きく、強く、優美な犬……。

そうしたら、人間に戻ってひとりのアパートに帰らなくてもすむのに。

ずっと轡田と一緒にいられるのに。

「……っ、あぁ！」

轡田の左手が倖生の性器を包み込む。

同時に、肩に唐突な痛みを感じた。獣の雄が、雌を逃さぬため噛みつくかのように、轡田の歯が食い込んでくる。倖生が轡田の指を噛む力より、ずっと強い。

「ひぁ……あ、あ、あぁ……！」

後ろと前を同時に責められ、肩を強く噛まれ、倖生は限界を超える。息すら紡げないままに射精し、這ったままの身体が断続的に震えた。

「う……ふ……ぁ……」

すべてを吐ききっても、内側に籠もった熱は消えない。このまま自分の熱で、自分が焼かれてしまうのではないか……そんなふうにすら思える。

ふいに肩の痛みが消え、背中の重みがなくなる。

「——ユキ」

轡田に呼ばれた。

顔を上げようと、肘に力を込める。伸ばした途端、バランスを失って横向きに倒れた。起きなければと思うのだが、身体の芯が溶けてしまったかのように、四肢がいうことを聞かない。

みっともなく横たわる倖生を、轡田が見下ろしている。

冷たい瞳の奥に小さな炎を見つけて、倖生はもう一度ビクンと震えた。

5

「……どういう、ことだよ」

問う声が掠れた。

「だから、きみはもう轡田氏の家へ行ってはいけない」

ごく穏やかな田所の口調に、倖生は殴られたような衝撃を受ける。

「専属契約は解消された。轡田氏は、二度ときみを呼ぶことはないそうだ」

ずしんと響くボディブローだ。立ち上がりかけた膝から力が抜けて、倖生は事務所の椅子に腰を落とす。

「な……」

なんで、の三文字すら言えなかった。

それでも倖生の言いたいことは伝わったらしい。田所は湯気の立つコーヒーを倖生の前に置きながら「珍しいことじゃない」と答える。

秋雨が Pet Lovers 事務所の窓ガラスを洗っている。

静かな雨の音は聞こえない。濡れて歪んだガラスの表面が、隣のビルを滲んでみせる。外は寒く、空は鬱々《うつうつ》とした灰色だ。

あのあと、倖生はバスルームに連れて行かれた。性的に触れられたのは初めてだったし、いきなりだったので混乱してはいたが……嬉しくもあった。轡田が多少なりとも、倖生で楽しんでくれたならよかったと思った。けれど達したのは倖生だけだったし、轡田にもそれなりの奉仕をしなければ。このあとそうなるんだろうか……そんなことを考えながら、身体を綺麗に洗って出た。

用意されてあった新しいハーレムパンツとシャツを身につけてリビングに戻ると、轡田はいつもどおりの顔に戻っていた。倖生が這って近づくと、黙ったまま頭を撫でてくれた。それ以上の接触はなかった。轡田はいつにもまして無口だったけれど、朝までちゃんと近くにいた。

そして翌朝、倖生はアパートに戻り——火曜の今日、田所から電話が入って事務所に来てほしいと言われ、こうして赴いたのだ。

「専属契約は三か月でワンサイクルだ。きみの場合は八月から始まっているから、今月でちょうど三か月。充分楽しんだから、そろそろ別の子と遊びたくなっても不思議じゃない」

「……ほかの犬は呼ばないって、言ってた」

「犬じゃなくていいから、ほかの子をよこしてほしいとオーダーが入ってる」

「……嘘だ」

信じられなかった。

「僕が嘘をつく理由はないだろう？」

自分のコーヒーを一口含み、田所はあっさりと言う。確かに田所が倖生に嘘をつく必要などまったくない。ないけれど……やはり信じられない。信じたくない。

「トラブル回避のために、顧客とのやりとりは全部録音してある。聞くかい？」

倖生は頷いた。聞くのが怖い気持ちもあったが、確かめたい欲求のほうが勝っていた。この耳で聞かなければ、一歩も先に進めない。

田所がノートパソコンを操作して、パシン、とエンターキーを叩く。

――もう、彼は呼ばない。

聞き慣れた轡田の声が、狭い事務所に響く。

――二度と呼ばない。私の家に来たりしないように、そちらからもしっかり伝えてほしい。

――わかりました。ではほかの子を手配しますか？

しばらくの間があった。五秒ほどだろうか。

――そうだな。よこしてくれ。

――ええ、綺麗な大型犬はほかにもいますよ。今度はどのようなタイプが？

――犬はもういい。

なげやりな調子で轡田が返す。

――男と寝るのに慣れた子を手配してくれ。犬は……もういいんだ。

疲れ切った声を最後に、通話記録がぷつりと途切れる。

「気がすんだかな？」

田所がパソコンから手を離して、コーヒーカップを持つ。

倖生は呆然としたまま、なにも答えられなかった。二度と呼ばない、犬はもういい……轡田の声が頭の中をぐるぐる回り、目眩《めまい》がしてきそうだ。

捨てられた。

俺は、捨てられたのか……？

「正直、ちょうどよかったと思っているんだ」

ポーションミルクをコーヒーに混ぜて田所が言う。

「言っておくが、僕はシュウの件を知らないわけじゃない。本当なら、シュウに暴力を振るったきみにペナルティを科すべきなんだが――轡田氏がそれ以上の額を送金してきたから不問にしたんだよ。見舞金もたっぷり出て、シュウもそれで納得した。引きずらないのが、あの子のいいところだな」

そんな経緯《いきさつ》も初めて聞いた。つまり轡田は、ずいぶんと倖生のために散財したのだ。

それなのに、今になってどうして——。

「金銭的には解決したが、きみと轡田氏の関係については心配していた。客に深入りしすぎると、どうしてもトラブルになりやすい」

「……客なんかじゃない……」

独り言のように倖生は呟く。

「なんだって？」

「客じゃない……あの人は、俺の飼い主だった……」

ふう、と田所が深く息をつく。

「いいや。彼は飼い主じゃないし、きみも犬ではない。きみはきみの時間を、金で彼に売っていただけだ。その間だけ犬を演じていた。それがすべてで、それ以上のものはなにもない」

「ちが……」

違う——そう主張したかったのに、最後まで言えなかった。

どう説明したら伝わるというのだろう。

時間だとか金だとか、そんなものは消し飛んでいた。関係なかった。もっと濃密ななにかがあったのだ。うまく説明できないけれど、確かに存在していたのだ。

だが、もうそれも終わりだ。

轡田は倖生を捨てた。倖生は捨てられた。

飼い犬を、捨てた。もうひとつ。チョーカーは返さなくていいそうだ」

「ああ、そうだ。もうひとつ。チョーカーは返さなくていいそうだ」

田所に言われて、自分の首に触れる。

黒い革と輝く十字架。

月曜の朝——轡田に指で犯された翌日、帰り際にいつものように首輪を返そうとした。けれど轡田は首輪を倖生に塡め、「このままでいなさい」と言ったのだ。

嬉しかった。すごく嬉しかった。

会っていない時でも、いつも飼い主のことを考えているようにと命じられた気がしたからだ。どんな時でも、決して外すまいと思った。眠っている時ですらつけていた。革が濡れて傷まないように、風呂に入る時だけ外した。

浮かれていた自分が馬鹿みたいだ。

自嘲《じちょう》しようとして、失敗した。頰がひくひくと震えただけで、笑みにはほど遠い顔になる。残酷な話だ。首輪をつけたまま捨てられるなんて……哀れな犬だ。

「さて、これからどうする？」

問いの意味がわからず、倖生はぼんやりと田所を見つめる。

「しばらく休むかい？　それとも、次の客を取る？」

次の客と言われて、ああそうか、と気づく。三か月以上轡田だけと接していたせいで、自分が誰とでも寝る男娼だという現実を忘れていた。

「目の焦点が合ってないねえ。どうやら休ませたほうがよさそうだ。うちはこまやかなサービスが売りだから、今のきみには任せられないな。気力が戻ったらいつでも電話して。きみならまたすぐ、上客がつくよ」

そんなふうに言う田所の顔がかすんだ。

目がおかしい。なにもかもが曖昧模糊《あいまいもこ》として、目の前の景色に靄《もや》がかかっている。顔の前に薄い布が一枚下ろされているようだ。

帰ろう。

倖生は立ち上がった。

ふらついてしまうのは、背中に矢が突き立っているからだ。轡田に捨てられたという矢が深々と食い込み、肺に達して呼吸を妨げる。

苦しい。胸に穴が空いて、酸素が漏れていくかのように苦しい。

ぼやける景色とは裏腹に、その痛みばかりがいやにリアルだ。よほど顔色が悪かったのだろう、大丈夫かい、と田所に聞かれたが、そんなこと倖生にもわからない。俺は大丈夫なのだろうか。轡田の犬じゃなくなっても、大丈夫なのだろうか。

どうやってアパートに帰ったのかわからない。

気がつくと、真っ暗な部屋の中で座っていた。

何時なのかもわからない。

空腹は感じないけれど、喉の渇きはある。立ち上がって、水道からカルキ臭い水を飲んだ。冷蔵庫にミネラルウォーターがあるのに、それを出して飲もうという気力すら湧かない。

暗闇の中で、胸に手を当てる。

見えない穴から、今飲んだ水が流れ出ていないだろうか。不安に思ったが、当てた手のひらは濡れてはいない。こんなに痛いのに、水も血も流れてはいない。

ひやりと冷たいシンクを摑《つか》んで、そのままずるずると腰を下ろした。

キッチンの床にへたり込んで、倖生はつけたままの首輪を摑む。

自分で真横に引っ張ってみる。首にぎりぎりと革が食い込むほどに引っ張る。どんなに強く引っ張っても、胸の痛みは超えられない。そのうち腕が疲れてしまう。

乗馬鞭があればいいのにと思った。

脚ならば、自分で打てるだろう。うまくやれば背中も。倖生には罰が必要だった。

轡田に捨てられたのは、なにかしら倖生に悪いところがあったからだ。

違う。なにかしらどころではない。倖生はたくさんへまをしたではないか。

最初は逆らってばかりいた。

立ち上がり、勝手に写真を見た。庭に追い出され、発熱して迷惑をかけた。

シュウを殴って、轡田に余計な金をかけさせた。

せっかく作ってもらった首輪を、許可もなく外した。

罰だと言われて身体を弄られ――罰なのに、あんなにも感じて射精した。床を汚し、轡田の手を汚した。

悪い犬だ。

倖生は悪い犬だった。出来損ないだ。だから捨てられる。こんな簡単に捨てられる。

「……っ……」

安っぽいリノリウムの床に這う。

伏せの姿勢で倖生は声を押し殺して泣いた。

捨てられた。また捨てられた。愛してはもらえなかった。

わかっている。自分にはなんの価値もない。母親ですら、倖生を疎んじていたのだ。人として、価値がない。ろくでもない。でも犬ならば……犬ならば、愛されると思った。大切にしてもらえると思ったし、実際にこの三か月と少しは大切にされていた。

結局は、捨てられたけれど。

ぼたぼたと涙が床に落ちる。

倖生は舌を出して、自分の涙を舐めた。ぺちゃぺちゃと、床を舐め回した。轡田の家のように清掃が行き届いていないので、舌にザラザラと埃がつく。けれど倖生はやめなかった。惨めな捨て犬は汚い床を舐め続ける。

舐めながら、轡田の手を思い出す。足を思い出す。

声を、顔を、匂いを思い出す。

ひどい男だ。

一度は飼った犬を捨てるなんて、あんまりだ。

いっそ、さんざん殴ってから捨ててくれればいいのに。首輪など残さないで、丸裸で蹴り出してくれれば、少しは憎めたかもしれないのに。

いや、わからない。やっぱり憎めなかったかもしれない。

犬は知らないのだ。飼い主を憎む方法など知らない。親にぶたれた幼い子供が、それでも親から離れてはいられないように。動かなくなってしまった母親に——倖生が泣きながら縋り続けたように。

額を床にぐりぐり押しつける。それだけでは足らずに、やがてはガッガッと打ちつけ始めた。目の奥に響く痛みの中で、倖生は嗚咽《おえつ》し続ける。

どうしたらいいのかわからない。

捨て犬はこの先、どうやって生きていけばいいのか。

餌はゴミ箱を漁《あさ》ればいいだろう。水は雨垂れを舐めればいいだろう。

でも撫でてくれる手はどうしたらいい？

命令を与えてくれる声はどうしたらいい？

「……う……ぐ……っ……」

打ち続けた額が熱く痛む。

べたつく床を指で引っかきながら、倖生はいつまでも這い蹲って泣いていた。


どんなに泣こうが悲しかろうが、人間はそれだけで死ぬことはない。

当然といえば当然なのだが、今の倖生にはそれが不思議だった。二十三年生きてきて、これほど絶望したことはなかった。母親が死んだ時よりも衝撃は大きい。

なのにちゃんと生きている。手も脚もまともに動く。

三日間、ずっと布団の中にいた。

ほとんどなにも食べなかったが、それでも水は飲んだ。

鳴り続けていた電話にも出なかったが、四日目、アパートのドアを乱暴に叩き、自分を呼ぶ声に反応して起き上がった。聞いたことのある声だったからだ。

「ユキオ！　あんた……なにっ、ひどい！　その顔！」

化け物と出会《でくわ》したかのような顔を見せたのはナナだ。幽霊のように立っているだけの倖生を部屋に押し戻し、散らかり放題の惨状を見てまた「ぎゃあ！」と大袈裟《おおげさ》な声を上げた。

「くさ！　空気悪ッ！」

勝手に上がり込んだナナが、部屋の窓を開け放つ。

「まったくもー、あんたはなんで電話に出ないのよ！　こないだの仕切り直しをしようと思って、何度も何度もかけたのに」

「ああ……」

ごめんと心の中では続けていたが、言葉にはならなかった。舌を動かすのも怠《だる》い。

そういえば、と倖生は思い出す。ずいぶん昔の話だが、ナナは酔い潰れて、このアパートに泊まったことがあるのだ。倖生も相当飲んでいたので、ふたりで布団を取り合ってグーグーと寝ただけである。

「で？」

掛け布団を窓辺にばさりとかけながらナナが聞く。窓から入る風は冷たいが、よく晴れていて、光が目にしみるようだ。

「で、あんたはなんでそんな汚い顔になってんの？」

呆れ口調の中に心配を忍ばせたナナが聞く。

「え……」

そんなにひどい顔なのだろうか。無言のままでいる倖生に痺れをきらしたのか、ナナは倖生の腕を引っ張った。浴室に連れていかれ、鏡をびしりと指さされる。

「見なよ！　あたしは特殊メイクの練習でもしてんのかと思ったわよ！」

……なるほど、ひどかった。

泣き続けた目はすっかり腫《は》れ上がり、三日間の絶食で頬はこけ、なにより酷《ひど》いのは額と首だ。両方とも、見事な青痣ができている。もちろん髪はぼさぼさで、無精髭が伸び、着たきりのシャツは丸めてから広げた紙よりも皺《しわ》だらけだった。

これほど汚い自分を見たのは、倖生自身、初めてだった。

「お願い。一生のお願いだから、顔洗って。今すぐ！　イケメンの無駄遣い、耐えられないッ」

背後で急かされ、倖生は水で顔を洗った。冷たい水でいくらか覚醒《かくせい》してくる。痣のある額は自分で触っただけでも、かなり痛かった。

いつ洗ったか忘れたタオルで顔を拭き、よろよろと部屋に戻り、パイプベッドに腰を下ろす。立っているだけでもかなりくらくらして辛《つら》い。

「もしかして病気なのかなと思って買ってきたけど……こんな役立ち方をするとは思わなかったわよ。ほら、これ貼って！」

冷却シートを手渡されたので、とりあえず額に貼る。首輪を取って首も冷やせと言われたが、それは拒んだ。轡田の首輪を取りたくない。ナナは怪訝《けげん》な顔を見せたが、強要することはなく、首輪の上から濡れタオルで冷やしてくれた。

さらに倖生の前に、ズイッとバナナを差し出す。

「食べなさい！」

「……え」

「何日食べてないのよ？　即身仏にでもなる気？」

「そくしん……？」

「生きたままミイラになる坊さんのこと！　とにかく食べなさい、よく噛んで！」

勢いに気圧《けお》されて、倖生はバナナを受け取る。正直食べたくはなかったが、ナナが一歩も動かずに睨み続けているため、仕方なく皮を剝き始める。

小さく一口齧った。

ほのかに青っぽい香りと、ねっとりした甘み。

久しぶりに固形物を受け入れた胃が驚いている。半分くらいまで食べた時、やっと空腹を自覚した。なにも食べたくないとごねていたのは心だけで、身体の細胞たちは間違いなくカロリーを欲していたのだろう。

ナナはバナナを食べる倖生をじっと見ていたが、

「あたしはべつにあんたの母親じゃないし」

ぼそりと言い始める。

「彼女でもなきゃ、親友ってんでもないよね。まあ、ちょっとした友達ってとこ？　けどさ、それでも、連絡が全然取れなきゃ心配するし、ミイラになろうとしてるってわかったら、阻止するよ？」

声の調子は次第に強くなる。どうやら怒っているようだと気づき、倖生は不思議な気分になる。なぜナナが怒るのか、よくわからなかったからだ。

「迷惑だって、あんたは言うかもしんないけど、こっちだって迷惑だよ。久しぶりに会って、様子がおかしくて、そのあと連絡取れないなあって思ってたら、こんな汚いアパートで死んでたりしたらさ！　後味悪いじゃん！　悪すぎだよ！」

「……俺、死んでないけど……」

「あたりまえでしょ！　死体がバナナ食うかアホ！」

怒鳴られて、つい竦んでしまった。

すごい剣幕だ。ナナはぷりぷりと怒ったまま、もう一本バナナを差し出す。食べないと叱られそうだったので、倖生は黙って剝き始めた。胸の穴は相変わらずだけれど、目の前の靄《もや》が取れかかっている。きっとナナが、部屋に風を入れてくれたからだ。昔から、不思議なところのある子だった。どちらかというと口が悪く、ものをずけずけ言うくせに、悲しんだり傷ついたりしている人間に、とても敏感だった。ホストクラブなのに、ナナとのお喋りを目当てに通ってくる女の子もいたほどだ。

「――ごめん」

謝らなきゃ、と素直に思った。

「ごめんな。心配させて、ごめん」

ナナの眉毛が八の字になる。わかればいいよ、と自分もその場にぺたんと座った。どこか泣きそうな顔をしていた。さんざん怒って疲れたのかため息をひとつつき、あらためて倖生をまじまじと見る。

「……すごいチョーカー」

「……うん」

「ダイヤ、だよね。めちゃ高そう」

「たぶん。でも――手切れ金みたいなもんだし」

どういう意味、とナナが聞く。

話してしまおうと思った。倖生の中にかろうじて残っていた冷静な部分が、話すべきだと告げていた。誰かに聞いてもらわないと、きっとこのままだめになる。ナナが帰ったあと、また立てなくなってしまう。

「俺、捨てられた」

「そのチョーカーくれた人に？」

倖生は「そう」と頷いて「男なんだ」とつけ足した。ナナは「へえ」と軽く眉を上げただけで、さほど驚きはしなかった。

「ユキオ、ゲイだったんだ？　あー、でも女相手の枕もしてたし、バイ？」

「……そのへん……よくわからない……自分でも……。けど、その人とは寝てたわけじゃなくて……俺の……飼い主だった」

「は？　なにそれ」

「だから……俺、犬だったんだよ」

どう説明したらいいのだろう。うまく端折《はしょ》ることなどできそうにない。

倖生は額の冷却シートを押さえ、最初から語ることにした。

身体を売るつもりだったこと。最初の客が轡田で、犬になれと要求されたこと。

最初は抵抗があったのに、いつのまにか犬でいるのが心地よくなって、ほかの犬の存在が許せなかったこと――。

ナナは一切口を挟まず、倖生の話をじっと聞く。

「──で、こないだ事務所に突然呼び出されて……もう二度と、呼ばれることはないって言われた」

倖生がすべてを話し終え、右手でクロスをギュッと握った時、彼女は言った。

「つまり、ユキオは客だったその人を好きになっちゃって、失恋したってこと？」

「……失恋とは違う。恋愛感情じゃないんだ。俺は犬として、飼い主を必要としていただけだ」

「犬として……？」

「犬だったんだよ、その人の前では。犬だから……よかったんだ」

言葉のない獣だから、すべてを委《ゆだ》ねることができた。

床を這い、命令に服従し、余計なことはなにも考えなくてすんだ。

「人間同士はややこしいけど……犬と飼い主の関係はシンプルでわかりやすいだろ。なんていうか……安心できたんだ。あの家がまるで自分の居場所みたいに思えた。変に思うかもしれないけど、俺は犬でいる間──幸せだったんだ」

そうかなあ、とナナが自分の買ってきたペットボトルを飲む。

「その人、六本木にいた人でしょ？　あの時ユキオ、すごい傷ついてたじゃん。犬じゃない時に無視されて、それがショックだったんじゃないの？」

「……それは」

「人間としての自分を見てほしかったんじゃないの？」

「ちょっとは……そう思ったかもしれないけど……。でも犬でいいんだ。だって最初からそういう約束だったんだから」

ふうん、とナナが小さな唇を尖《とが》らせる。

「ま、どっちにしろ、やっぱ恋愛感情だと思うな。ユキオはその人が好きだったんだよ。恋してたんだよ」

「違う、あの人は飼い主で……」

「撫でられたい、可愛がられたい、そばにいたい。信頼し合っていたい。裏切らないでほしい。自分だけのものでいてほしい。——全部、恋愛感情じゃん」

具体的に指摘されると、言葉を返せない。

ナナはジーンズに包まれた脚で胡座を組み、膝をパンと叩いて続ける。

「脚が四本か二本かなんて、関係ないでしょ。あたしも好きな人には、猫みたいに甘えるよ？　喉撫でられてニャーンって言うよ？」

恋していた？　……轡田に？

「なんでそんなにビクビクしてんのよ、ユキオ。認めりゃいいじゃん。その人のこと、好きだったんだよ」

「違う。そういうのとは、違う。だって、俺は……犬でいるのが楽だった」

「なら、誰の犬にでもなれる？」

「……いや」

誰でもいいわけではなかった。轡田以外の手を舐める気などさらさらない。

「その人じゃなきゃ……だめだった」

「なんか、聞けば聞くほど恋なんですけど」

恋、だったのだろうか。

犬のくせに、飼い主に恋をしていたのだろうか。

「好きって言えばよかったのに」

「……犬は喋らない」

「ユキオ、人間じゃん」

あっさりと言われてしまう。しかもその指摘は正しい。

犬なのだ、自分は飼い犬なのだ――呪文のように何度唱えたところで、倖生が人間だという事実からは逃げられない。犬の真似事はできても、心まで犬になることはできない。そんなあたりまえのことを、今になって噛みしめる。

「人間を犬にする魔法はないよ」

ナナが自分の買ってきたバナナをもいで言った。

「どんなに嫌気が差したって、人間は人間なんだもん。そりゃ犬は可愛いけどさ。なんなら人間より可愛いけどさ。でも犬にはなれないんだよ。そのかわり、喋れる」

「……喋れる……」

バナナを頬張りながら、ナナがうん、と頷く。

「せっかく喋れるんだから、伝えないと。好きって言わなきゃわかんないし。言ってだめなら諦めるしかないけど——その人は、ユキオの気持ち知ってるのかな」

「……どうかな。感づいて、うっとうしいから遠ざけたのかも……」

「うっとうしいと思ってる相手に、そのチョーカーはあげないと思うんだけど」

わからない。轡田のことがわからない。なにを考えて倖生を捨てたのかがわからない。単に飽きたにしては、あまりに突然すぎる。

——私の……犬。

倖生の肩に口づけ、そう言った。あの時感じた轡田の熱は、いったいどこへ行ってしまったのか。最初からそんなものはなかったのか。ただの気のせいだったのか。倖生を撫で、髪を梳いてくれた優しい指も、すべては一時の虚構だったのだろうか。

チャリ、とクロスが小さく鳴る。

どうして轡田は首輪を倖生に与えたのだろう。

せめてその理由だけでも、知りたかった。

ナナが来てくれた翌日、一度はやんだ秋の雨がまた降りだした。

倖生は相変わらずアパートに閉じこもっていたが、食事を摂らないほどのひどい状況は脱していた。額と首の痛みは時間とともに引き、それでも青黒い痣は当分残りそうだ。

絶え間ない雨音を聞きながら、倖生は考え続けた。さんざん迷い、悩み、何度も気が挫《くじ》けそうになったが、最後はひとつの決断に至った。

轡田に会おう。

会って——どうして首輪をくれたのかを聞こう。単なる金持ちの気まぐれならば、高価すぎる首輪を返し、そして終わりにしよう。そのあと死んでしまいたくなったら電話してもいいかと、ナナに聞いてある。ナナは「バッカじゃねーの。すぐ電話してきな！」と言ってくれた。ナナがいてくれてよかった。

自分で決着をつけたら、ちゃんと先に進めるだろうか。

ろくでもない人生だけれど、続けていけるだろうか。

週末の夜、闇に降る雨の中、倖生は轡田の家に向かった。

到着した頃、轡田はまだ帰宅しておらず、倖生は玄関の前で待ち続けた。

雨粒は細かくなってきたものの、気温はずいぶん低い。安いビニール傘を持つ倖生の手はどんどん冷たくなっていく。ジャケットのインはロングスリーブのカットソー一枚だ。もっと厚着をしてくるべきだったかもしれない。

しかし、その寒さすら気にならないほど、倖生は緊張していた。通行人が近づくたびにビクリと反応し、轡田ではないとわかると力が抜ける。二時間近く経過し、タクシーのヘッドライトがスピードを緩めて近づいてきた時には、緊張のあまりくたくたになっていたほどだ。

「……なんの用だ」

冷たい言葉をぶつけられても、倖生は驚かなかった。悲しかったけれど、動揺はしなかった。歓迎されないのはわかりきっていたからだ。

雨の中、轡田が立っている。

倖生の額に貼ってある湿布に気づき、僅かに瞠目《どうもく》した。だがすぐになにも見ていないかのような顔に戻って、硬い声を出す。

「ここにはもう来るなと伝えたはずだが」

黒いスーツにピンストライプのシャツ。傘は持っていない。細かな雨が轡田に降りしきり、肩で撥《は》ねる。玄関の小さな灯《あか》りに反射して水滴が光る。黒髪が艶《つや》を増す。

綺麗だ。

見つめていたら涙が出そうになって、倖生は奥歯に力を入れる。

「ひとつだけ」

声が震えるのは、寒さのせいだ。

「ひとつだけ聞きたいんだ」

「なんだ」

つっけんどんに轡田が聞く。雨に濡れたまま、鍵を出そうともしない。

「どうしてこの首輪を俺にくれたの」

「私が持っていても意味がないからだ」

「次の犬に使えばいい」

「犬はもう飼わない」

きっぱりと言い切った。

「……なんで」

「理由を言う必要があるか？　……さあ、もう帰ってくれ。その首輪がいらないなら、売るなり捨てるなり、好きにすればいい」

売るなり捨てるなり……か。

そうか。やっぱり、ただの気まぐれだったのか。倖生自身と同様に、この首輪も蠻田にとってはどうでもいいものなのだ。

それじゃあ、好きにさせてもらおう。

倖生は静かにビニール傘を下ろし、そのままぽいと放った。傘を叩いていた雨音が消え、ひっくり返った傘はくるりと半回転して止まる。

両手を首の後ろに回して、首輪の留め具を外した。

雨の中で光るクロスを、蠻田に突きつける。

「返す」

一瞬、蠻田がなにか言いかけた。

だがすぐに唇をギュッと閉ざす。なんだったのだろう。もしかしたら、首の痣が見えたのかもしれない。蠻田は倖生から視線を逸らしたあと、口を開いた。

「……いらないなら捨てろと言った」

「あんたが捨てればいい。もともと、あんたが買ったものだ。俺には捨てられない」

「なぜだ。屑籠《くずかご》に突っ込めばいいだけの話だろう」

倖生は「できない」と繰り返した。

「あんたからもらったものを、捨てるなんてできない。そっちで処分してくれ」

睫《まつげ》に雨粒が引っかかり、ぽたりと頬に落ちる。

涙ではない。

涙ではない――これは雨だ。

轡田は動かない。倖生は数歩進むと、無言でスーツのポケットに首輪を押し込んだ。きちんと収まらず、革ベルトがはみ出しているが仕方ない。無反応で立ち尽くしている轡田の横をすり抜けて道路へ出る。

「待て」

轡田の声が聞こえたが、振り返らなかった。

「傘を忘れている」

どこか間の抜けたセリフについ笑ってしまった。

泣きながら、笑った。雨の日には泣きたくなるのだろうか。庭に放置されたあの時も、やっぱり雨だった。

首輪のなくなった首筋にも雨が流れる。

なんだか首がスースーする。物足りない感じだ。けれどもきっとすぐに慣れる。すぐではなくても……いつかは慣れるはずだ。いつか、時が経てば。

轡田の声はもう聞こえない。

角を曲がるまで、倖生は一度も振り返らなかった。

終わりだ。これで全部終わり。

雨脚は次第に強まり、濡れて額の湿布が剝がれかかっていた。取ってしまおうと、小さな公園脇で一度足を止める。取った湿布を丸めて放り投げかけ、思いとどまりジーンズのポケットにしまう。大丈夫、まだ判断力はある。思ったより、ちゃんとできた。ちゃんと言えた。そんなに取り乱さなかった。それともこれからかもしれない。時間差で、どうしようもない悲しみが襲ってくるのかもしれない。たぶんそうなんだろう。吐くほど泣くんだろう。

今は、歩け。

雨の中を歩け。そう自分に命じるのだが、一度止まると足がうまく動かない。

エンジン音が耳につき、すぐ近くで車が停まるのがわかった。

ドアの開く音が続けて聞こえる。なんだろう、道でも聞きたいのだろうか。今こっちはそれどころじゃないんだよ——無視するつもりでようやく歩き始めた倖生の前で、ふたりの男が道を塞《ふさ》ぐ。

まったく見知らぬ男だった。

暗いので人相ははっきりわからないが、ふたりともやけに体格がいい。いやな予感と同時に、倖生の両腕は男たちに強く摑《つか》まれていた。声を上げるより早く、無骨な手が口を塞ぐ。そのまま後部座席に押し込まれ、両側を陣取られて身動きが取れない。

「なっ……なんなんだよおまえら！　放せよ！」

「シー。もう深夜だ、お静かに」

窘《たしな》めるような声は運転席からだった。

「おとなしくしないと、痛い目を見るかもしれないぞ？」

振り返った男を見て倖生は目を見開く。見覚えのある顔だった。痩せて、頬骨の高い……あの時、轡田の家をじっと見ていた——。

「だから忠告したのに」

男は薄ら笑いを浮かべる。

「あの男に関わっていると、ろくなことにならないって言っただろ？」


頭がガンガンする。吐き気も酷《ひど》い。

雨に濡れて熱でも出たのか、あるいは車の中で打たれた薬のせいか。

注射の直後は意識が朦朧《もうろう》とし、手足にまったく力が入らなかった。

なんの薬か知らないが、しばらくは意識を失っていた。その間に目隠しをされ、気がついた時には真っ暗闇だ。もう車がどこを走っているのかすらわからない。両手は硬いなにかで拘束されていた。

どれくらい移動したのだろうか。車から引きずり下ろされる。

「叫んでもいいぜ。誰も来ないとこだからな」

そんなふうに言われた。確かに人の気配は感じなかった。目隠しは外されていないので、今いる場所も見えないままだ。空気のにおいからして屋外ではなさそうだし、部屋の中という感じもしない。風はないが気温は低いままで、尻に感じるのは冷たいコンクリートだ。壁か、大きな柱のようなものに寄りかかった状態で、倖生は頭痛と吐き気に耐えていた。

オイルライターのにおいがした。男たちが煙草を吸っているのだ。

「おい、木元《きもと》。轡田は本当に金を持ってくるんだろうな」

男のひとりが聞く。

声の反響から考えて、かなり広い空間だ。木元と呼ばれた男が「持ってきますよ」と返事をした。運転していた男、つまりかつて轡田の家の前で会った男の声だった。

「こいつのことが相当お気に入りで毎週末に呼んでましたからね。こいつと過ごすために、荒れ放題の庭を整えたり、宝石店に連れていったりもしてました」

「へえ。女みてえなツラに生まれると生きるのもラクでいいなあ？　けど、いくらお気に入りだろうと、百や二百じゃないんだぜ？」

「出します」

木元の声は自信ありげだ。

「奴は気に入ったものにはとことん固執するんです。はたから見たら異常ってほどにね。それに、一千万は奴にとっちゃ無理難題じゃあない。会社の金に手をつけなくても、個人資産だけで動かせるはずだ。数時間あれば用意できる」

「ま、金が入るならなんでもいいけどよ、俺たちは」

お気に入り？　宝石店？　一千万？

いったいなんの話をしているんだ、こいつらは。

まさか倖生を轡田の恋人だと思っているのか？　倖生を勾引《かどわか》し、その身代金として轡田に一千万円を要求したのか？

倖生を男娼だとも知らず？

今までの会話を合わせて判断すると、そう結論づけるのが一番自然だった。

「は……ははっ」

馬鹿か。割れるような頭痛も忘れて、倖生は失笑した。三人ぶんの靴音が聞こえ、いっせいにこっちを見たのがわかる。

「ないよ。あり得ない」

掠れた声で言ってやった。

「ああ？」

凄み満点の声は、大男のどちらかだろう。

「なんであの人が……俺なんかに一千万用意すんだよ。そんなわけねえだろ」

「おまえは余計な口を利くな！」

その神経質な声から、近づいたのが木元だとわかる。こいつの企てなのだ。事情はだいたい想像がつく。多重負債のあげく闇金に手を出し、利息が膨れあがり元金は減るはずもなく、気がついたら一千万近い負債になったのだ。そんな阿呆なら山ほど見てきた。大男ふたりは、その借金を取り立てる側の玄人に違いない。ヤクザか半グレか、勾引しも慣れたものだった。

「もうすぐだ。もうすぐ、轡田から連絡が入る！　さっきおまえの写真も送ったからな。きっと血相を変えて……」

「絶対にない」

声の方向に顔を向けて答える。

「あんたたち、わかってんのか？　俺は男娼だぜ？」

真実を告げれば、自分の立場を危うくするだけかもしれない。

轡田が金を出さないと知った途端、この連中にとって倖生はただのお荷物だ。どんな扱いを受けるかわかったものじゃない。それでも言わずにはいられなかった。やっと、倖生なりのけじめをつけたのに――こんな茶番につきあうのはごめんだ。

「な……んだと？」

木元の声が上擦った。

「だからさ。俺は商売してたんだって。この三か月ばかり、轡田の専属だったんだけど、ついこの間解約されたばっかだよ。……誰が飽きた男娼に一千万出す？」

轡田は一銭だって出す必要はない。せいぜい警察に届ける親切心があればいいほうだ。轡田と木元の関係がどういうものなのかは知らないが、警察沙汰《ざた》に巻き込まれたくなかったら無視するのが一番だろう。

「……ははっ、飽きてなくったって、そんな金出す奴はいねえ」

自暴自棄のセリフを吐き、それでも少しだけ考えてしまった。

まだ倖生が轡田の犬だったならば――どうだったろう。

いや、轡田の取るべき態度は同じはずだ。金も出さないし、関わりにもならないだろう。それがまともな判断だ。

けれど、倖生は待ったかもしれない。飼い主が来ないことを知りながら、待ったかもしれない――まだあの首輪をしていたのならば。

ガツン、と激しい衝撃があった。

身体が横倒しになり、自分が蹴られたのだと気づく。誰にやられたのかはわからない。蹴られた右肩もひどく痛んだが、コンクリートに打ちつけた逆側はより痛い。頭をぶつけなかったのは不幸中の幸いだろうか。

「……男娼、だと?」

木元の声は追いつめられていた。

「おいおい、どういうことだよ。そいつが男娼なら、そりゃ金なんか払うはずないだろうが」

「木元よォ、おまえなにしてんだ? これで絶対に金が返せるっていうから手伝ったんだぞ? 俺らだって、もうこれ以上は待てねえんだよ」

「ちが……こ、こいつは嘘をついてんだよ!」

必死な木元の声に、倖生はまた笑った。今度は胸ぐらを摑まれて容赦ない平手を喰らう。口の中に血の味がして、それでも倖生は笑っていた。

馬鹿な連中だ。

よく調べてから誘拐すればいいものを——俺は捨てられた犬なのに。

「そいつが嘘をつく必要はねェわな。だろ? 木元」

「ま、待ってくれ。ほかにもやりようが……」

声の位置が変わる。木元はふたりの男に挟まれているようだ。

「どんなやりようだよ。俺らはどう上に報告すりゃいいんだ。ああ？　おまえ言ってただろうが。これでだめだったら生保かけて死にますからってよ」

「そ、それは……」

「死にたくはねえだろ。なら、高見《たかみ》んとこの権利書しかねえぞ。どうせあの実家には母親しかいねえんだろ？　病気だったか？　施設にでも放り込ませろよ」

「だめだ、暁彦《あきひこ》は関係ない、これは俺の借金だ」

「てめえからはなんも絞れねェから、こんなことになってんだろうが」

「まだあてはある。い、一日か二日くれればきっと……」

焦る木元の声に重なって「ふざけんな！」という怒号と、人間を殴る鈍い音、そして倒れこむ音が聞こえた。

「使えもしない人質まで取らせやがって、どう後始末つけんだ、てめえ！」

まったくだぜ、ともうひとりがぼやく。

「……暗かったから、顔ははっきり見られてねえだろ。どっかに捨ててくるか？」

「木元のツラは知ってるだろ。サツにたれ込まれたら厄介だぜ。……確か横浜《よこはま》の事務所が裏ゲイビ仕切ってたろ。口封じにちっと働いてもらえばいいんだ。世間様に絶対知られたくないようなジャンルでよ」

この言葉には、さすがに倖生の自嘲《じちょう》も消えた。

裏稼業の連中が仕切っているハードコアものに、本気でヤバいジャンルがあるのは知っている。ホストの時に、吐き気がするような話をいくつも聞いたのだ。ゲイビデオでも同じことだろう。男娼だと名乗ったはいいが、実際に客を取ったことはないも同然なのに、いきなりそこまで転落しなければならないのか。

ひでぇ人生だな。

口に溜まった血を吐き出しながら思った。

ずいぶん名前負けの人生だと思ってはいたが、ここまで無惨になるとは予想外だ。生まれる前に父親に捨てられ、生まれてからは母に邪魔にされ、つきあった女たちには見限られ……轡田にも捨てられた。挙げ句の果てにまったく見当違いの人質にされて、ヤクザ者の餌食《えじき》か。

誰も倖生を守ってはくれない。

それは倖生が、誰にも愛されていないからだ。

本当はわかっていた気がする。虚ろな自分になにが足りないのか。あまりに陳腐な言葉なので口にしたくなかったけれど、知っていた気がする。

愛がない。

自分の周囲には、愛がなかった。

それに似せたものはあった。紛《まが》い物ならたくさんあった。紛い物でもいいという人はたくさんいたし、倖生もそれにつきあった時期もあった。むなしさは降り積もる雪のように嵩《かさ》を増していき、偽物の愛はその重みに耐えられるはずもなかった。

轡田との関係も、同じだった。犬でいれば可愛がってもらえる。与えられ、慈しまれる。だから倖生は偽物の犬になって、轡田は偽物の犬を愛して、そんな関係が長く続くはずもなくて——とのつまりがこれだ。

母親譲りなんだろうか。ふいにそんな考えが頭をよぎる。愛を得ずに死んだ、母に似たんだろうか。だけど……だけどたぶん、倖生は母が好きだった。あんなひどい扱いをされても、大好きだった。あれは愛じゃないのだろうか。

いずれにしても、守れなかった。

母は赤黒い血を大量に吐いて死んだ。最期に倖生を抱き締めたままで。

「仕方ねえな……。おい、横浜に連絡取れ。それから木元、てめえは今すぐに高見を呼び出せ」

「でも——ぐ、はッ……」

鈍い殴打の音が聞こえる。それに重なるようにして、携帯の着信音が聞こえ、木元が上擦った声で「く、轡田だ」と言った。自分は関係ないという通告の電話だろうか。あるいは警察に連絡したとでも伝えるつもりだろうか。

いずれにせよ、わざわざ連絡してくるあたり、生真面目な轡田らしい。

「おい、こっちによこせ。――おぅ、木元の代理の者だ。……なに？　なんだと？　けどこいつは男娼なんだろ？　いや、もちろん、そうしてくれりゃ……ああ、そう、そうだ。……ひとりで来たか？　そこから一本南に入った廃ビルの地下駐車場だ」

……なんだって？

「く……来るのか、あいつは」

木元が信じられないという声を出す。電話を切った男が「ああ」と答える。信じられないのは倖生も同じことだった。

「もう近くまで来てる。現金で一千万、きっちり用意してあるそうだ」

「マジかよ。サツと一緒じゃねえだろうな」

もうひとりの男が疑うのももっともだ。

なぜ轡田が来る？

どうして捨てた犬に一千万もの金を支払う必要がある？

「無線を傍受させてるが、サツが動いてる気配はねえな。それに、声がマジだったぜ。この兄ちゃんに手を出すな、だと。おまえ、男娼だなんて嘘なんじゃねえのか？」

そう聞かれ、「……嘘じゃない」と答える。

「じゃあなんで轡田がここに来るんだよ」

わからない。一番戸惑っているのは倖生なのだ。

それから十分も経たないうちに、轡田は本当にやってきた。相変わらず目隠しで転がされている倖生だが、その声を聞き違えるはずはない。

「返せ」

感情を殺した低い声——今夜はことに、ぞっとするほどに冷たい声。

「それは私のものだ。返せ」

「金は」

「持ってきた。……受け取れ」

ドサリとなにかが放られる音がする。

バチンと金具の外れる音がして、男が小さく口笛を吹いた。

「ありがたいね。これで俺たちの顔も立つ」

「ならば取り引きは成立だな」

「ああ。その兄ちゃんは持って帰んな。なに、ちょっと汚れたがたいした怪我はさせてないぜ」

足音が近づき、冷たい手が倖生の上体を起こしてくれた。

両腕と両脚の拘束が解かれ、目隠しが外される。目に入ってきたのはごく弱い光量のはずだが、それでも眩しくて周囲が見えにくい。

「……大丈夫か」

間近で轡田の声がする。

頬に轡田の指が触れる。

信じられない。とても信じられなかった。徐々に光に慣れてきた瞳が捉《とら》えたのは、どこか苦しげな轡田の顔に間違いない。嘘だ。どうしてこんな展開になるんだ。

俺なんかのために、捨てた犬のために、一千万もの金を持ってきたというのか。

倖生は首を巡らせて男たちを捜す。現金が入っているのであろう、小型のアタッシェケースを持つ木元。ふたりの大男はすでに車に乗り込もうとしていた。

木元は目の横に痣を作り、それでも顔を歪めて笑う。

「へ、へへ……やっぱり俺の読みは当たってたってわけだ。一時はどうなるかと思ったぜ……」

「さっさと失《う》せろ」

轡田が冷ややかに言い放つ。

「二度と私の前に現れるな」

「は、偉そうにしやがって……最初からてめえが金を出してりゃ、俺だってこんなややこしいことしなくてすんだんだよ。暁彦の顔を切り裂いといて、知らん顔しようとしやがったくせに」

「おい、木元。早く乗れ」

大男が木元を急かす。

「だ……めだ」

倖生は轡田を押しのけて、その場に立ち上がった。

「ユキ、なにを……」

「だめだ、そんなのだめだ……ッ」

一千万。大金だ。倖生のために、轡田がそんな金を使う必要はない。使わせたくない。その思いが崩れそうな膝を動かした。薬が切れかけていたのかもしれない。転びかけながらも、倖生は木元にしがみついて、アタッシェケースを奪い返そうとした。

「てめ、離せ！」

ガツン、とアタッシェケースの角で一撃を喰らう。

「触るんじゃねえよ、小汚い男娼が！」

もともとろくに歩けもしないのだから、ひとたまりもなかった。倖生はその場に倒れ、木元は一千万を車内の男に手渡す。

小汚い男娼なのは本当だから、腹も立たない。ただ轡田の金が奪われることだけが悔しい。いっそ犬ならば、木元の脚に嚙みついてしまえるのに、倖生は獣の牙すら持っていないのだ。こんな役立たずの犬に、一千万の価値などない。

「げ……ッ」

半分車に乗りかけた木元の身体が、乱暴に引きずり出される。

襟首を摑《つか》んで床に叩きつけたのは轡田だった。起き上がろうとする木元の腹部を思うさま蹴りつけて、コンクリートに沈める。そのまま馬乗りになり激しく殴りつけた。

バッと血が飛び散る。轡田が振るう拳に手加減はない。乱れる前髪から覗く目は、今までの轡田からは想像もつかぬほどの怒りに燃えている。

すぐ横で転がったまま、倖生は驚きのあまり声も出ない。

大男たちが出てきたらどうしようと思っていたのだが、どうやら用があるのは金だけらしい。殴られ続ける木元を残して、車は発進してしまった。それに気づいた木元が情けないうめき声を上げる。

「だ……だめだよ」

倖生は轡田の腕に取り縋って言った。

血まみれなのは木元の顔だけではなかった。轡田の拳からも血が滲み、手のひらの傷がまた開いたらと心配だった。殴る手を止めた轡田はハァハァと肩で息をしながら「殺してやりたいくらいだ」と恐ろしいことを言う。

「ほんとに死んだら洒落になんないって……あの……金のことは……ごめん。どれくらいかかるかわかんないけど、返すから」

轡田が倖生を見る。頬に血が飛び散った顔はとても怖いのに、こんな時でも綺麗な男だなと思わずにはいられない。

「おまえ……なにを言ってるんだ」

「もしかしたら、一生かかるのかもしんないけど、ちゃんと返すから」

一瞬、轡田が泣きそうな顔をした。

やっと木元の上から下り、倖生の唇の端に触れる。

「……殴られたのか」

「たいしたことない」

「ここは？」

額の痣に指先が触れる。

「あの……それは……ちょっと、ぶつけて」

あんたに捨てられたショックで、安アパートの床にガンガン打ちつけたんだとは言えなかった。

「こっちは？　……首輪を無理に引っ張ったな」

「……うん」

「なんで、そんな」

「悲しかったから」

尋常ではない状況が、倖生をひどく素直にさせていた。

「あんたに捨てられて、悲しくて、癇癪《かんしゃく》を起こした」

「ユキ」

そっと、あるいは怖々と、轡田が倖生を抱きしめる。

壊れやすい宝物を扱うかのように、背中に優しく腕を回す。轡田の匂いは、血と埃にまみれていつもとずいぶん違っていて――けれど倖生は深く息を吸う。

「俺、あんたのことが好きなんだ」

額を肩につけた時、言葉はぽろりと唇から零れた。

なんの気負いもなく、恥ずかしいという気持ちもなく、本当のことを伝えたかった。

「金のために犬をしてたわけじゃない。あんたの犬だから……幸せだった。あんたの家は嘘みたいに居心地がよくて……安心できた。コルクの床が、庭の芝生が好きだった。あんたの足の甲が好きだ。足だけじゃないけど……でも、いつもそこが一番近くに見えてたから。手も……撫でてもらえたから……それから声も」

なにも返してもらえなくてもいい。

ただ聞いてほしかった。伝えられればそれでよかった。倖生は愛を知らないけれど、もしかしたらこの気持ちはそれに近いものかもしれない。

「あんたといると、世界が違って見えるんだ」

　轡田はなにも言わず、じっと倖生を抱いている。

「世の中なんて、クソみたいだと思ってたのに……あんたといると、空が青くて風が吹いてて……芝生は緑で……キラキラしてたんだよ……」

　互いの心音が重なり、肋骨《ろっこつ》の内側で優しく響き合う。

　倖生はずっとそうしていたかったのだが、身体のほうが限界を迎えた。上体を起こしているのが難しくなり、ずるりと沈みかける。轡田がしっかりと抱き留めてくれた。

「行こう」

　車まで肩を貸してくれる。

　助手席のシートが一番低く倒され、身体に毛布がかけられた。

「……あいつ、どうするの……？」

　倒れたままの木元は呻くばかりで起き上がらない。

「連絡はしてあるから、迎えが来る。もっと殴ってやりたかったが、早くおまえを温めないと」

　誰に連絡をしたのかはわからなかったが、そこまで気にしている余裕はなかった。

　暖房の効いた車内と毛布に安堵した身体は、一気にあちこち痛みだし、その痛みから逃れるように強い眠気が襲ってくる。

「家に着いたら、すぐに知り合いの医者を呼ぶ」

サイドブレーキを戻しながら轡田が言った。

エンジンがかかり、細かい振動が身体の痛みを増幅させる。轡田が「なるべく静かに運転する」と言ってくれた。

迷惑かけてごめん——謝ろうと思うのに、瞼も唇も重くて動かない。

車が動きだすのと同時に、ほとんど気を失うように倖生は眠ってしまった。

6

どれくらい眠っていたのか、わからない。

清潔なシーツの中で倖生は目覚めた。視界に入った天井と匂いで、ここが轡田の寝室だと気がつく。カーテンの隙間から入る光が眩《まぶ》しくて身じろいだ。雨はとっくに上がっているようだ。

横たわったまま、周囲を見る。轡田はいない。

ゆっくり起き上がると身体がみしみしと軋《きし》んだ。そこかしこに湿布や絆創膏《ばんそうこう》が貼ってあり、満身創痍《そうい》の様相だが、骨折などの大怪我はなさそうだ。せいぜいが打撲だろう。気分はだいぶましになっていて、腕の内側に点滴の痕《あと》があった。そういえば医者が来ていたような気もしたが、記憶は朧《おぼろ》だ。

そろそろとベッドから下りてみる。

ずっと寝ていたので足元がふらつくが、気分は悪くない。身体も節々が痛むものの、歩くぶんには問題なかった。

枕元の時計は午後の二時を示している。下着ひとつだった倖生は、ベッドサイドに置いてあったガウンを借りて寝室を出た。見慣れた濃紺のガウンは轡田のものだ。キッチンから水音が聞こえる。轡田がいるとわかり、嬉しくなる。

「あ、目が覚めた？」

柔らかな声。

倖生は咄嗟《とっさ》に返事ができなかった。轡田だとばかり思っていたのに、キッチンに立っているのは見知らぬ……いや、ある意味では知っている男だった。見たことはあるのだ。けれど——倖生は軽い混乱に陥り、立ったままよろけて壁に手をつく。

「大丈夫？　まだ座ってたほうがいい」

手助けされ、リビングのソファに辿り着く。

男は倖生が楽に座れるようクッションを調整し、ペットボトルの水を手渡してくれた。喉の渇きは冷たい水が癒してくれたが、頭の混乱は収まらない。

なぜ彼がここにいる？

なぜそんな穏やかな顔で、倖生を見ている？

「……僕のことを知ってるんだね」

落ち着いた話しぶりで彼は言い、微笑む。

「写真かなにかを見たのかな。でもあらためて自己紹介をしないと」

手触りのよさそうな髪は首を隠すほどの長さだ。アーモンド形の大きな目と、弓形の眉に、スッと高い鼻筋。ソフトな印象だけれど、決して女性的ではない。身体つきも均整が取れた男性の骨格だ。歳はそう若くはなく、三十歳くらいに見えた。

だが、間違いなく彼だ。

あの写真の——破かれて、貼り合わされた写真の。

倖生の混乱はそれだけではなかった。彼の顔には……その顔が美しいからこそ目立つ、残酷な傷があったのだ。分けた前髪を長くしてはいるが、大きな傷をすべて隠すには至っていない。

「僕の名前は高見暁彦。昨日きみを拉致《らち》した木元は、僕と同棲してる」

「……同棲？」

「うん。つまり恋人だね」

高見は倖生の隣にひとりぶんの距離を置いて腰掛け、身体をこちらに向けた。

「彼がきみにしたことについては、いくら謝っても足りないと思っている。ありがちな話だけど、彼は仕事がうまくいってなくて、借金をした。最初はそれほどの額じゃなかったらしいんだけど……借りた先が悪かった。あっという間に膨れ上がって、木元は清巳《きよみ》さんに金の無心をしたんだ」

「キヨミさんて……？」

高見が「あれ、知らないの」と驚いた顔を見せる。

「罾田さんだよ。罾田清巳というんだ。清らかに巳年《みどし》の巳と書く」

清巳――やっと知った罾田の名前を倖生は小さく呟く。罾田、清巳。

「木元と清巳さんは友人でも知り合いでもない。もうわかってるかもしれないけど……僕は四年前まで清巳さんとつきあっていた。つまり、僕のモト彼が資産家だと知った木元は、この傷をネタにして強請《ゆすり》をかけたわけ」

細い指先が前髪をかき分ける。

鋭利な刃物でつけられたと思《おぼ》しき傷は、耳の横から鼻の脇にかけて長い悲鳴のような軌跡を残していた。

「あの……それ……その傷って」

「清巳さんにつけられたと思ってる？」

「……木元って奴が、そう言ってた」

高見ははっきりと首を横に振った。

「違うよ。あの人がそんな真似するはずがない」

本人の口から聞いて、倖生は安堵する。罾田が他人を傷つけるとは思っていなかったが――先刻、倖生の前でキレた罾田を見た時には少し怖かったのも本当だ。怒りに身を任せ、木元の歯で自分の拳を傷つけてまでも、殴り続けていたのだ。

「清巳さんがそこまで怒ることがあるとすれば、たぶん誰かがきみを傷つけようとした時だ。木元がボコボコにされたようにね」

「俺……？　けど、俺は金で買われた……」

「倖生くん。清巳さんから預かったものがあるんだ。……でも、それを渡す前に、僕と清巳さんの話をしなければならない。聞いてくれる？」

倖生は頷いた。聞くのが怖いという気持ちはもちろんあったが、聞かなければならないのもわかっていた。轡田が高見をここに呼んだのだ。倖生に高見を会わせて、話を聞かせるために。

ごく穏やかに、高見は話した。

十七の頃からモデルをしていたこと。

二十二歳で轡田と出会い、つきあいだして、真摯《しんし》な交際は七年にも及んだこと。轡田はその間一度たりとも高見を裏切らず、高見以外の男には目もくれなかったこと。

「僕が二十二歳だったから、清巳さんはちょうど三十かな。歳よりずっと大人びて、冷静沈着で、仕事もやり手で、優しくて。しかもお金持ちだからね。僕にはもったいない恋人だったんだ」

懐かしそうに高見が笑う。

「どうして……別れたの」

「僕が悪い」

躊躇《ためら》うことなく答える。

「清巳さんはね、ああ見えてすごくさみしがり屋なんだ。もしかしたら、子供の頃に続けてご家族を亡くされたことが関係しているのかもしれない。器用なタイプではないから、友人も多くはないしね」

高見の言葉に、寝室に飾ってあった家族写真を思い出す。

「恋人には溢れんばかりの愛を注いでくれる人だけど、同時にとても独占欲が強い。もちろん頭がいいから、自分をセーブしていたとは思う。……それでも僕には窮屈で、時々はケンカもした。ケンカっていうか、一方的に僕が怒ってただけなんだけどね。清巳さんは、自分だけを見てほしいと思っていた。僕は若かったし、もっと自由でいたかったんだ」

やがて高見は、木元と知り合った。当時は雑誌の編集者だったという。

木元は轡田とは正反対の男だった。なにをさせても大雑把で、いつも現実味のない大口を叩き、子供のように幼稚で、だが屈託なく笑い、楽しいことだけを追いかけようとする。編集部で上司と対立し、こんなとこでやっていられるかとフリーのライターになった。最初のうちは順調だった仕事も、なにかと揉め事を起こす木元の性格のせいか、次第に減っていった。

「……どうしてだろうね。だめな人だとすぐにわかったのに。一緒にいる人を巻き込んで、だめにしてしまうタイプだ」

記憶を辿る目が、遠くを見つめる。

「なのに好きになってしまった。理性と感情が左右に遠く離れて、僕はずいぶん迷って、混乱して——だけど、結局は」

感情が勝ったのだ。倖生にはなんとなく理解できる。母親も同じタイプだった。酒飲み、ばくち打ち、嘘つき……なんであんな人に惚《ほ》れたんだろうといつもぼやき、けれど自分から別れることはほとんどなかった。

「別れたいと言ったけど、清巳さんは頷かなかった。木元がどういう男かちゃんと調べてあったんだ。木元といても、僕が幸せにはなれないのに、手放すわけにはいかない——何度も説得されて、話し合いは平行線だった。僕はその頃、モデルの仕事もいまひとつうまくいかなくなってて、精神的にも少し参っていて……」

いや、少しじゃなかったのかな……そう呟いて、傷をなぞる。

「別れてくれないなら、死ぬかもしれないと清巳さんを脅したんだ。ナイフを自分に向けてね。清巳さんは顔色を変えて、でも冷静に言った。おまえはそんなことのできる人間じゃない。死んだあとに、私が、それからおまえの家族がどれほど悲しみに暮れるかを考えたら、死ぬなんてできるはずがない……。悔しいけどあたってた」

轡田は高見の前に立ち「絶対に別れない」と主張した。

――どうしても別れたいなら、いっそ私を殺せ。

そう言い放った轡田を見た時、高見はナイフを自分の顔に向けたのだ。

「殺せるはずがない……あの人を刺せるはずがない。だから僕は考えた。僕の命の次に価値のあるものはなんだろう？　思いついたのは、この顔だった。モデルだからね……顔と身体は財産だ。それに、清巳さんはいつも僕の顔を誉めてくれた。綺麗なのに、優しい顔だと言ってくれた。だから僕は……自分の顔を裂いたんだ」

――これで勘弁して。

流れる血は、首から鎖骨、胸にまで届いたという。

――僕はもうモデルはしない。事務所もやめる。あなたとはもう会わない。この傷と引き換えに、もう僕を自由にして……。

絶句した轡田の顔色は、いまにも倒れそうに真っ青だったそうだ。

「本当に、あの時はどうかしてた。そのままこの家を飛び出して……木元のところへ行った。最初、木元はこの傷を清巳さんが切りつけたんだと誤解した。何度も違うと説明して、ようやく納得したものの、原因は清巳さんにあるって言い張って……どっちにしても、それは僕と清巳さんの問題だ。木元は関係ない。なのに、いよいよ金に困ると、あいつはここに押しかけたりもして……」

轡田に責任を取れと迫ったという。要は金を出せということだ。轡田は、高見の顔の傷の責任をすんなりと認めた。高見にならば、いくらでも金を出すとも言ったそうだ。ただし、その金は高見に直接渡すと。

「……たぶん、僕が無事なのか確認したかったんじゃないかな。木元はあんなだから、清巳さんは心配してくれたんだと思う。でも、僕がここに来られるはずがない。自分から清巳さんと離れたのに、その原因となった男のために金を貸してくれなんて……言えるはずがないだろう？　木元に頼まれたけど、頑として断った。さすがに僕もキレかけてね、一緒に住んでいた家を飛び出して、しばらく友人のところに厄介になってたんだけど……」

その間に、木元はいよいよ行き詰まり、倖生を轡田の恋人だと誤解して誘拐に及んだというわけだ。

高見は唐突にソファから下り、コルクの床に土下座した。

「申し訳なかった」

「た、高見さん……」

サラサラした髪が、床に流れて散る。

「僕は……情けないけど、あんな男だけど、でも木元を見限ることができない。だからといって、きみが木元を警察に突き出すのを止める権利もない」

「ちょ、高見さん、顔を上げてくれよ。あんたはなにも悪くないだろ。木元のことは……その……醬田さんはなんて言ってんの？」

「きみ次第だと言ってる」

「そっか……。ねえ、普通に座ってくれよ。俺、そういうの苦手なんだよ」

倖生に何度も言われ、高見はようやくソファの上に戻った。それでも頭は低く垂れたままで「まったく……あそこまで馬鹿だとは……」と低く呟いた。

「もう、いいよ」

倖生はため息交じりに言った。

「いいって言うか……まあ、よくはないけどさ。酷《ひど》い目に遭ったし。正直、あんなヤツ何年かぶち込まれりゃいいって思うけど……でも、醬田さんも、相当あいつを殴ってたし……あれも暴行だとか言われても困るし……」

事件として届ければ、関係者はすべて聴取を受け、細かに調べられるだろう。醬田にも、醬田の会社にも迷惑がかかる。倖生自身も調べられるので、Pet Loversに捜査の手が入るかもしれない。そうなるとかなり厄介だ。

「警察沙汰にするつもりはない。誰にもいいことないじゃん」

「ありがとう……」

「まあ、木元とすれ違ったら、殴りたくなるかもしれないけど」

「殴っていいよ。なんなら、僕が押さえてる」

力なく、そんなふうに返す。疲れ果てた顔の高見を見て、木元と別れたほうがいいんじゃないの……そんな言葉が頭をよぎった。

あんな借金まみれの、弱虫の、ろくでなし。

けれど結局口にしなかった。つい数か月前まで、自分だってろくでなしだった。お上にばれたらヤバい過去だって、全然ないわけじゃない。

ろくでもない奴。価値のない奴。愛するに値しない奴。

だけど人は変わる。

少なくとも、変わる可能性はある。木元が変われるか、それまで高見が待ってくれるか、そのへんは倖生の知ったことではないけれど。

「――ひとつだけ、聞いていいかな」

「なんでも」

高見はやっと頭を上げて倖生を見た。

口もとがなんとなく……死んだ母に似ている気がした。母の写真なんか何年も見ていないのに、なぜかそんな気がしたのだ。

「今でも轡田さんは、あんたのことが好きなのかな」

「いや。彼が好きなのはきみだよ」

返事に澱《よど》みはなく、嘘をついていないことはわかる。けれど倖生には、その答えを素直に受け入れることが難しかった。

「けど、あんたの写真を持ってた。一度破いて……もう一度貼って」

「それは思い出であり、戒めなんだと思う」

「戒め？」

高見は頷き、自分の傷に触れる。過去の痛みを思い出し、けれどそれを隠すように少しだけ笑って「そんな必要ないのに」と続けた。

「僕が自分でしでかした愚行だよ。清巳さんは悪くない。なのにずっと悔やんで、責任を感じて、誰にも心を開かない人になった。その清巳さんを解放したのは、倖生くん、きみだよ」

「……俺は男娼だぜ？　そんな相手……好きにならないだろ。金で買われて……犬みたいに躾けられてて……本物の犬みたいに」

「……犬？」

「そ、犬。まあ最初は……趣味の悪い遊びだと俺も思ってたけど、そのうち……なんていうか、はまっちゃって。SMみたいなのとは違う。ひどい扱いを受けるわけじゃないんだ。俺がちゃんとルールを守ってれば、うんと甘やかされて、可愛がられて……俺が犬の時は、あの人すごく優しかった」

「少し、わかるような気がする」

倖生の話を笑い飛ばすこともなく、呆れかえるでもなく、真剣に耳を傾けてくれた高見が言った。

「犬は群れで生きる獣だ。だからさみしがり屋で、いつも誰かと一緒にいたがる。そして一度信頼関係が成立すれば、その相手を愛し、守ろうとする……実のところ、人だって群れて生きる動物だけど、人の心はあまりに変わりやすく、犬のほうが忠実だ。そんな存在が……あの人には必要だったのかもしれないね」

「金で買った相手でも？」

「もちろん金で買えるのは短い時間の夢うつつくらいさ。本物の愛情や信頼は買えない。それくらい清巳さんも承知していたと思う。だけど」

言葉を切り、倖生をじっと見つめた。

「だけど——誰にでもあるだろう？　さみしくてどうしようもなくて、虚《むな》しいとわかっていても、一時の慰めを求めてしまうことって」

「……うん」

虚空と知りつつ、そこに腕を伸ばす。ただの小石を握りしめ、宝石なのだと思いたがる。なれるはずのない犬になって……飼い主に愛情を求める。

愚かで、滑稽《こっけい》で、哀しい。人は犬よりずっと弱く、悲しく、孤独だ。

「きっかけはどうあれ、清巳さんはきみを見つけた。運命の相手との出会い方なんて、予測できないものさ。なにしろ運命なんだから」

「運命？」

「うん。僕は運命を信じるタイプ。きみは？」

「わからない。……考えたことない」

ふふ、と高見が笑った。

静かな湖面のような瞳に、ある種の諦めと、その諦観《ていかん》とともに生きていく覚悟が浮かんでいる。どんな傷があろうと、彼が美しいことに変わりはなかった。

「信じようと信じまいと、作用してしまうものを運命っていうんだから……考える必要なんかないか。……さてと、清巳さんから預かってるものを渡そう。はい、これ」

高見がスラックスのポケットから出したのは銀鎖のネックレスだった。トップにはダイヤがずらりと埋まったクロスがついている。

「これを受け取ったら、きみは清巳さんの気持ちを受け入れたことになる」

黒い首輪に下がっていた、あのクロスだ……鬠田は捨てていなかったのだ。

「美男子でお金持ちだけど、誰にでも薦められる人じゃない。彼の独占欲の強さは僕が保証するよ。溢《あふ》れんばかりの愛情は真摯《しんし》だけれど、同時に相手を縛る。正直なところ、僕には重すぎた」

さらりと鎖が高見の手のひらから零れる。クロスが揺れて光を反射した。

きらきらと、倖生を呼んでいる。

「……でも、きみならばうまくいくかもしれない。ねえ倖生くん、きみの目は清巳さんに似てるんだよ。顔は全然違うタイプなのに……目だけが」

「目？」

「孤独を知ってる人の目だ」

ふたりの間で銀鎖が揺れる。

「──どうする？」

倖生は深く息を吸い、手を伸ばしてそれを受け取った。

迷いはなかった。かけらほどもなかった。轡田の独占欲がどれほどだろうと、倖生が負担に思うはずもない。

ずっと、ずっと……求めていた。心のどこかで渇望していた。

相手を縛るほどの強い愛。盲目的なまでの独占欲。それはきっと倖生の隙間を埋めてくれる。どうしようもない空虚をみっちりと満たしてくれる。

今になって倖生は知る。

自分がなにを欲していたのか。どうして犬でいる生活が幸福に思えたのか。

息もできないほどに、愛されたい。

爪一枚、髪一本まで、この身体すべてを託してしまいたい。頭から呑まれるほどの勢いで、愛されたかったのだ。誰も倖生に与えてくれなかった強い愛を、轡田が……倖生が愛した人がくれるのだ。なにを躊躇う必要がある？

倖生は鎖を握りしめた。

クロスの角が手のひらに食い込む感触に、泣けてきそうになる。

「では僕はお暇《いとま》するよ」

高見は立ち上がり、顔をサンルーム越しの中庭に向けて微笑んだ。そしてソファの背にかけてあったブランケットを手にすると、いまだ素肌にガウンのみの倖生に手渡してくれた。

「寒くないようにしないと。彼はあそこで待ってる。……さあ、行ってあげて」

欅《けやき》の落ち葉が降る下、轡田が佇んでいるのが見えた。

風が吹いている。

夏より痩せた芝生を裸足の裏にちくちく感じる。あまり手入れされていないらしく、庭全体が荒れ始めているのがわかった。せっかくあんなに綺麗にしていたのにと、倖生は少し悲しい気分になる。

肩からかけたブランケットを抱きしめるようにして、ゆっくり進んだ。

駆け寄って抱きつきたい衝動もあったが、信じ難い思いのほうがまだ勝っていた。

あの人が……轡田がそこにいる。立っている。彼もやはり裸足で、黒いスラックスと黒いシャツを身につけていた。

風に髪が乱れ、轡田の額が露《あらわ》になった。顔色があまりよくない。判決が下されるのを待つ囚《とら》われ人のような目で倖生を見る。この人が不安げな顔をしているのを見るなんて、初めてだった。

もう数歩というところで、轡田の右手がふいに上がる。

手のひらを倖生に向け、待て、という意思が伝わった。倖生は足を止める。轡田はなにかを躊躇って……いや、怖がっているようにも感じられた。

ふたりの間で、黄色い落ち葉が舞う。強い風に翻弄され、らせんを描いて上昇し、凪《な》げばふいに静止して——あとはひらひらと落ちていく。

「……これ、つけてくれよ」

距離を保ったまま、倖生は右手を開いてクロスのついた鎖を見せた。

「あんたにつけてほしい」

「……よく考えたか？」

「考える必要なんかない」

きっぱりと言ったのだが、轡田はクロスを受け取ってはくれなかった。

「それはただの首飾りじゃない。おまえを縛る鎖だ。だから、覚悟がいる。私は人を愛するのが下手だ。常識の範疇《はんちゅう》を超えて相手を束縛したがる。独占し、嫉妬し、自由を……奪ってしまうかもしれない。派遣されてきた犬ならば、深みにはまる前に手放すこともできたが……人はそうはいかない」

「犬だって、簡単に捨てちゃいけないと思うけど」

倖生の言葉に轡田はいったん口を閉じた。木の葉がその肩を訪れ、揺れて落ちる。

「……予感はかなり早い段階からあった」

「予感？」

「いや。正直に言おう。最初に見た時からおまえに惹《ひ》かれていた。生意気で、頑固で、美しいボルゾイ——執着しすぎる前にと、別の犬を呼びもした。なのに少しも楽しくない。躾けたいとも思わない。それどころか、私が別の犬といるのを知り、あんなに怒ったおまえが可愛くてたまらなかった。犬として可愛がっているうちはまだしも、次第に違う欲望まで生まれ、人としてのおまえまで欲しくなって——いけないと思うのに、止められなかった」

「なんで、いけないの？」

「おまえを幸福にできない」

絞るように低い声が言う。

「おまえを暁彦のように、不幸にしたくない」

高見暁彦は不幸なのだろうか。

顔に傷があるから？　木元のようなろくでなしを愛してしまったから？　そもそも幸せとはなんだ？　『幸福』は何色をしてて、どんな形で、どんな手触りなのだろう。奏《かな》でるとどんな音がするのだろう。

そんなの、誰にもわからない。

「……あの人が不幸かどうかは、あの人が決めることだ」

同じように、倖生の幸福もまた、倖生自身が決める。それればかりは他人の出る幕ではない。たとえ轡田であろうとも。

「……なあ。俺のこと好き？」

必要なのは、単純な質問と、その答えだ。

轡田が眉を寄せる。なぜそんな難しい顔をするのか。

「覚悟がいるのはあんたも同じだよ。だってあんたは知らないだろ？　俺がどれくらい愛情に飢えてるか、あんた知らないじゃないか」

知るよしもない。犬と飼い主だったのだ。言葉での交流はごく少なかったのだ。

轡田が相手をまるごと呑み込む嵐の海だというならば、倖生は乾ききった砂漠だ。草木の一本も生えない虚ろな砂漠に、大波を叩きつけてみればいい。緑の大地ならば、木々は根腐れを起こすだろうが、乾いた大地は貪欲に水を吸い込む。

足りない、まだ足りないと叫ぶかもしれない。

「俺はさみしくてたまらなかった」

右の目から、涙が零れる。

悲しいわけではないのに、泣けてくるのが不思議だった。

「あんたは俺を捨てるべきじゃない。そんな無責任なこと、しちゃいけない」

「ユキ」

「約束しろよ。二度と、しないって」

涙目で睨みつける。轡田は少し狼狽《うろた》えたように一歩だけ進み、自分まで泣き出しそうな顔になって「約束する」と答えた。その掠れた声が愛しくてたまらず、また溢れてきた涙を倖生は袖で拭う。

「なら、これかけて」

あらためてクロスを差しだした。

轡田はさらに歩みを進めてそれを受け取り、倖生の目の前まで来ると、首に手を回して銀鎖の留め具を塡めてくれた。

クロスはちょうど、心臓の位置でスイングする。ただいま、と囁くように揺れる。

プラチナのひんやりとした感触に目を閉じた。首輪に比べて圧迫感はほとんどないけれど役割は同じことだ。これは鎖。ただし繫がれるのは倖生だけではない。倖生と轡田の両者を繫ぐ鎖。

轡田の両腕が上がる。唇がユキ、という形に動いたが声にはならない。

抱きしめられた。強く。

あちこち打擲した身体が痛くて、それが嬉しかった。

嚙みつくように口づけられ、呼吸すら難しくなる。轡田はまるで飢えた獣のように倖生を貪《むさぼ》る。唇から食われてしまうのではないかと思うほどだ。

初めての、口づけだった。

「ん……っ……」

搦《から》め捕られた舌を強く吸われる。

唇を嚙まれ、差し出した舌も嚙まれ、愛撫に小さな痛みがつきまとう。痛みは倖生の身体に火をつけ、あっという間に燃え広がる。

積もった枯葉がカサカサと歌う。その褥《しとね》にふたり、倒れるように沈んだ。

口づけは終わらない。轡田は倖生の上に覆い被《かぶ》さり、獲物の顔中にキスを降らせる。耳を齧り、頬を舐め、眉を歯に挟んで引っ張る。

「あ……あ、あ……」

尖らせた舌が眉間《みけん》を行き来する。そんな場所が感じるなんて、いったい誰が思うだろう？

「……ッ……」

瞼をねっとりと舐められ、舌はそのまま睫《まつげ》の生え際を辿った。

怖いのに、気持ちいい。

いや、怖いから気持ちいいのだろうか。もうわからない。

轡田にならば、目玉をしゃぶられても構わない……そんなきわどい想像をした直後、目の端に舌先が沈んで白目を舐められる。

「ひ……あ、う……」

ああ、本当にどこもかしこも——轡田のものになるのだ。

全身に鳥肌が立ち、夢中で轡田にしがみついた。

背中で枯葉がしゃりしゃりと崩れていく。やがて乾いた葉は粉々になり、ほっそりとした葉脈だけを残すのだろう。

いっそ、そうなってしまってもいい。

粉々にされたい。轡田の愛で。

眼球への愛撫で倖生からたっぷり喘ぎ声を引き出したあと、深い口づけが再開される。ふたりの唾液が混ざり合い、それを飲み込むと臓腑《ぞうふ》まで轡田に染まるようだ。轡田の大きな手が倖生の髪をかき交ぜた。互いの下半身が密着し、欲望の隆起は隠しようもない。もちろん昂《たかぶ》っているのは倖生だけではないが、ガウンの下は肌着一枚なのであまりに刺激が強すぎる。

口蓋《こうがい》を舌でぞろりとなぞられた瞬間、限界は唐突にやってきた。

「あ……ッ！」

背中が反り、びくびくと震える。

肌着の中が、生暖かく濡れていくのがわかった。ブランケットを引き寄せて隠したかったが、どこにあるのかわからない。いつのまにか蹴り飛ばし、きっと枯葉まみれになっているのだろう。

「……まだキスだけだ」

からかうというよりは、厳かに真実を告げるように言われ、羞恥《しゅうち》に襲われる。

倖生が射精したというのに、轡田はキスをやめてくれない。

脱力した身体を抱きしめたまま、ぜいぜいと乱れる呼吸まで吸い尽くそうとする。

身体は昂り、感情はもっと昂っていて、制御できない。もう泣く必要はないはずなのに、涙が流れてくる。轡田はそれすら一滴残さず味わい尽くそうとする。

「おまえを喰らうよ」

囁かれるのは、物騒なほど甘い愛の言葉だ。

「――本当に覚悟するべきなのはどちらか、たっぷり教えてあげよう」


終わらないセックスというものを、倖生は初めて知った。

女ならば相当数抱いてきた。関係そのものに関しては淡泊だったが、肉欲は人並みにあったし、女たちを満足させることが生きる術《すべ》だった時期もあった。

遊び半分で、同時にふたりを相手にしたこともある。その時はさすがに、後半になるとどっと疲れた。勃起を長時間持続させるためには心身共にかなりよいコンディションでないと難しいのだ。

「あ……い、いや、あ……うっ……」

これ以上は無理というほどに開いた脚の間に轡田がいる。

倖生の屹立《きつりつ》は熱い口腔《こうこう》内に収まり、最奥には二本の指を受け入れていた。

轡田のオーラルは玄人はだしのテクニックだった。喉奥まで開いて男根を責め立てる術を知っている。二度目の射精までさほど保たず、今は二箇所同時の甘い責め苦が続いている。すでに性器は半端な勃起しかしなくなっていたが、かといって快感が弱まる気配はない。

これは、今まで倖生が知らなかった交歓だ。

女たちとの戯れでは触れられなかった場所を侵される。深く侵入され、暴かれ、なのに拒みようもなく、快楽の深みに嵌《は》まって逃げられない。

「お願……も、そこ……指、やだ……」

ベッドの上で身悶える。

髪に絡んでついてきた枯葉がどこかでくしゃりと潰れる音がした。

「そこ？」

轡田が顔を上げ、意地悪な問いかけをする。それに羞恥する余裕すらないほど、倖生は追い詰められていた。

「な、中……」

「痛いか？」

「痛くは、ないけど……あ、ああッ！」

外側からはアクセスできない場所に隠された、悦楽のスイッチ――話に聞いたことはあったが、たいして気にとめてなかった。だから初めて轡田に触れられた時も驚いたのだ。こんな感覚を生む場所があるなんて、と。

「痛くないのに、どうしていやなんだ」

「だ……も、そこ……溶ける……」

こんなにもその場所で感じてしまうのは、もともとそういう身体なのか……あるいは、相手が轡田だから？　轡田の指だからここまで乱れてしまうのか？

「溶けてごらん。私がおまえを啜《すす》りやすいように、溶けてしまえばいい」

「ああッ！」

グイ、と内壁を圧《お》し上げるように刺激され、また弾けてしまう。中庭から数えれば、すでに三度目の射精だ。心臓は駆け出しっぱなしで、呼吸が落ち着くひまはなく、轡田に縋りつく腕にすら、次第に力が入らなくなっていた。

抱き合ってから、何時間が経ったのだろうか。

もはや倖生の身体で、轡田の唇が触れていない場所はない。四つん這いにされ、尻の肉をかき分けるようにしてあの場所に口づけられた時は、恥ずかしさに暴れかけた。

けれど、

——私のものなのだろう？

足首を痛いほどに摑《つか》まれ、問い詰められた。

——どこもかしこも、私のものだ……そうだろう、倖生？

ユキ、ではなく倖生。そう呼ばれて逆らう力も抜けてしまう。

轡田の巧みな舌に舐《ねぶ》られ、倖生はただ喘いだ。ぴちゃぴちゃという響きは、かつて自分が皿から水を飲んでいた時の音と似ている。ぬくっ、と尖らせた舌が粘膜に押し入ってきた時には、悲鳴を呑み込んで、額をシーツに擦りつけた。

唾液と、たっぷりの潤滑剤を使い、轡田は倖生のそこを念入りに解《ほぐ》した。

四つん這いから向かい合って抱き合う形に変わり、次は延々と胸を愛された。性器や後孔へのダイレクトな刺激とは違い、むず痒いような感覚が別の快楽をくれる。

舐められ、吸いつかれ、甘嚙みされ……時に痛いほど歯を立てられて、倖生の乳嘴《にゅうし》がぷっくりと赤く色づいた。

——小さな乳首だ。……毎日可愛がれば、もっと大きくなる。

最初のうちは擽ったさに近かった快楽も、いつしか明確に響く愉悦へと変化する。

轡田の愛撫が、倖生のそこを性器に変えてしまったかのように。

——ピアスは嫌いかい、倖生。

ツンと尖った部分を舌で転がすようにしながら、そんなことを聞かれた。

轡田は倖生の胸にピアスを穿《うが》ちたいらしい。それもまた、自分のものだという証《あかし》なのだろう。鋭利な痛みと、同時に生ずるであろう快楽を想像する。考えただけでまた達してしまいそうだった。怖くて、嬉しくて、言葉が紡げない。

轡田の好きなように、飾ればいい……そうしてほしい。

ふたつの乳嘴が熱を持って腫《は》れるまで愛されたあと、轡田は身体を沈めて倖生の性器を含み、同時に指を奥に沈めたのだ。

三度の絶頂は、倖生の体力を奪った。もう手足を動かすのも怠い。今までの自分だったら、すぐにでも眠ってしまうほど疲れている。

なのに今夜はそうならない。身体の奥でくすぶる炎はなかなか消えてくれない。

「……倖生」

轡田の指が抜けると、たまらなく切ない気分になる。

轡田は着瘦せするタイプだったらしい。想像していたよりずっと逞《たくま》しい身体がずり上がってきて、鼻の頭にキスをし、そのあとふざけるように齧った。手のひらで背中を辿ると、綺麗な筋肉がついている。木元をあれほど殴りつけた腕力も、この身体ならば納得できた。

拳の傷はまだ癒《い》えていない。手のひらにもくっきりと傷跡があった。倖生は愛しいその右手を引き寄せて、口づける。

「おまえが止めなければ、あいつを殺していたかもしれない」

　倖生を見つめながら、恐ろしいことを言う。乱れた前髪が、いつもより少し轡田を若く見せていた。うっとりするほどの色男だ。

「高見さんが泣くよ」

「……そうだな。だがあの時は、暁彦の顔も思い浮かばなかった」

「危ない人だよな、あんたって」

　その通りだ、と轡田は真面目な顔で頷いた。

「常軌を逸している自覚はある。……だが、もう遅いよ倖生。おまえを手放すつもりはない。この先おまえは、ほかの男も女も、好きになってはいけない。私だけを見て、私だけに口づけて、私だけに抱かれるんだ」

「一生？」

「一生」

　当然とばかりの答えだった。

「もし俺が裏切ったら？　俺を殺す？」

　まさか、と轡田が顔を寄せ、耳たぶをそっと噛む。

「私におまえを殺せるはずがない。……死ぬのは私だ。私はこの世から消えるから、おまえは誰かと幸せになるといい」

「……化けて出そうだよね、あんた」

「そんなことはしない」

「どうして？」

唇は耳から頬を辿って、まだ残っている額の痣にそっと触れる。

「愛しているからだ」

髪の生え際に、熱い吐息がかかった。

「おまえを愛している。私がいなくなったあとは、幸せになってほしい」

倖生は目を閉じた。泣いてしまいそうだったからだ。なのに閉じた目の中で涙は飽和状態を迎え、結局は目尻から滑り落ちてしまう。

轡田の背中に、怠い両腕をしっかり回した。胸が苦しい。この瞬間まで知らなかった。愛されていると、こんなふうに胸が苦しくなるなんて。

「あんたが欲しいよ」

目を開けて訴えた。

「もうおまえのものだ」

「なんだか信じられな……あ……っ」

性器をやわやわと揉み込まれて首を竦める。その部分はもうくったりとしていたが、奥に指を進められると、欲張りな粘膜が轡田の指にまとわりつく。

「では信じられるように——この身体に私を刻もう」

「う、あ……んんっ……」

小さく震えながら、轡田の胸に頭を擦りつける。

「欲しいなら、自分で脚を開きなさい」

倖生が命令口調に弱いのを、轡田はよく承知している。じわじわと脚を広げるのを見下ろしながら「もっとだ」と言い、そのくせ「ずいぶんとそそる恰好だな」などと意地悪を言う。

自分で膝裏を持ち、あられもなく脚を開く。

淫猥《いんわい》なスタイルに身体中が熱く火照った。

「それが限界か？　まだいけるだろう……ほら」

「あっ……！」

ぐいと両脚を抱えられ、身体をふたつに深く折られる。

新しい潤滑剤がべったりと塗りつけられ、猛々《たけだけ》しく脈打つものが宛《あて》がわれた。

熱い。

くちゅくちゅと、入り口に亀頭を押しつけて滑らせる。ほんの僅か入ったかと思うとすぐに退き、倖生は「いやだ、そんなふうに遊ぶな」と泣きついた。

この男が穿つ、楔《くさび》が欲しかった。

唯一無二の存在を深く刻み込まれたい。貫かれたい。皮膚がざわめいて、身体の細胞ひとつひとつがそれを望んでいる。そうすることで、なにかが生み出せるような気がした。馬鹿な……男の倖生がなにを生み出せるはずもない。……だからなんだというのだ？　なにかを生み出すために求めているのではない。ただ、そうせずにはいられないのだ。

さんざん慣らされ、解され、そして焦らされた部分が収縮し、来てほしいと訴えている。繋がりたいという欲望は滑稽《こっけい》なほどに原始的で、泣きたくなるほど切ない。

「息を——止めるな」

言葉とともに、轡田の身体がぐっと沈む。

「あ……あ、あぁ、う……」

倖生の小さな口は細かな襞《ひだ》をめいっぱいに広げ、轡田を受け入れようとする。轡田が大きすぎるのか、倖生に無駄な力が入っているのか、その灼熱が進むのは困難だった。想像以上の圧迫感に、呼吸など気にしていられなくなる。

「……倖生……いい子だから、息をしなさい」

「……っ……あ、は……ふ……っ」

無理にでも、短い呼吸を再開する。まるで崖から落ちかかっている人のように、必死で轡田の首に縋り、涙の滲む目を開けた。

轡田もまた、苦しげに顔を寄せていた。倖生がきつすぎて、痛みがあるのだろうか。それとも快楽に耐えているのだろうか。どちらにせよ、胸に迫るほど色めいた表情だった。

「あ、あッ」

いくぶん緩んだ隙を狙って、轡田がグイと身体を押し進める。ずん、と腰に重く甘い響きが伝わり、倖生はたまらず声を上げてしまう。

「……半分だ」

「あ……あ、あ……」

「まだ進んでも？」

「う、う……き……」

来て、と視線で告げる。轡田は注意深く進んだ。次第に押し広げられ、自分の中に道ができていくのがわかる。

「あ……く……」

「熱い……」

「あつ、い……？」

「ああ、倖生。おまえの中は熱くて……私が溶かされそうだ……」

溶かしたい。いっそこの人を溶かして、自分の中に取り込んでしまいたい。

同じ存在になってしまいたい。それなら永遠に離れることはなくなって……ああ、でも、そうしたらどうやってキスしたらいいのだろう。愛を囁けばいいのだろう。だからやっぱり、ひとりひとりでなきゃだめだ。

別々だから、こうして繋がることもできる。

ほぼすべてを収めたあと、轡田はしばらくじっとしていてくれた。高く掲げていた倖生の脚を下ろし、楽な姿勢を取らせてくれる。顔中にキスの雨を降らせ、やっと熱の収まってきた乳首をまた弄る。そこをきゅっと摘まれると、轡田を含んだ部分までもがひくひくと反応するのがわかり、倖生は耳を熱くした。

「な……なんか、俺……淫乱、みたい……」

「これからもっと淫乱になる」

「なに言って……」

「私がそうする。私から離れられないほど、私に溺れてもらう。誰もおまえを助け出せないように、深く、深く……溺れさせる……たぶんさほど難しいことじゃない」

じわじわと腰が引かれた。そしてまた、入ってくる。自分ですら未知な場所を、他人の性器で愛される感覚は言葉に喩《たと》えようもなく、倖生は身悶えるしかできない。

「――ほら。こんなに感じやすい身体なら、時間の問題だ」

「ちが……」

「なにが違う？」

一番奥まで戻ってきたかと思うと、ずんっ、ともうひとつ奥を攻め込まれる。喉を反らせて小さな悲鳴を上げながらも、倖生は轡田を睨み上げた。

「べつに……感じやすいとかじゃ、なくて……」

「うん？」

「あんたにされてるから……こんなに、いい……」

轡田が双眸《そうぼう》を細める。

薄い唇が開き、赤い舌が下唇を舐めた。

「……私を煽《あお》ったな？　知らないぞ」

「煽ってなんか……あ、ああっ……」

律動のテンポが上がり、角度が少しずつ変えられていく。

再び脚が持ち上げられ、責め立ては次第に容赦ないレベルへと上昇した。倖生はもうついていけなくなり、ガクガクと揺さぶられるばかりだ。

「……あっ……あ、だ……そこ、だめ、やめ……っ」

「だめなわけがない。……ここだろう？」

「ひっ、あ……ッ！」

一番弱い部分が、灼熱の先端でくじられる。

びりびりと走る快楽が怖くて、いいのにいやだと口走ってしまう。

三度も射精したペニスが再び芯《しん》を持ち始め、先端が濡れ始める。喘ぎは嬌声《きょうせい》に変わり、時折悲鳴に近くなった。

だめ、いやだ、深い、怖い——自分がなにを口走っているのかもわからない。

これまでのセックスなど、この深くて激しい交わりに比べたら、前戯みたいなものだったと知る。セックスでここまで乱れるなど、考えたこともなかった。よすぎて涙が止まらないなんて、あり得ないと思っていた。頭のよくない連中の抱く、セックスファンタジーだと馬鹿にしていた。間違っていたのは自分のほうだと痛感する。愛する人に抱かれるなら、身体が分解してしまいそうなほどの快楽は本当にあるのだ。

「倖生……ゆき……」

轡田の息も荒い。

無我夢中でその髪を引っ張り、引き寄せた。

キスして。

めちゃくちゃにキスして。

言葉にならなかった願いは容易に聞き届けられ、貪り尽くす口づけを与えられる。

歯がぶつかるようなキスに呼吸はままならなくなり、下半身に打ち込まれる熱のリズムはもはや乱打に近い。

ふいに血の味がする。どちらかの唇が、どちらかの歯で少し切れたのだ。けれど痛みはない。性感が高まりすぎていて、痛覚の入る余地がない。

膝裏を持つ轡田の指に力が入る。おそらく痕がつくであろうほどに、強く。

頭の芯が痺れる。

全身が愉悦に満たされて、沸騰しそうな熱の逃げ場がない。通常ならば射精で決着がつくはずの快楽だが、倖生のそこはもうほとんど出す液体がない。気持ちいいのか苦しいのか、判別が難しくなってくる。

どっちでもいい……倖生は思った。

轡田に穿《うが》たれているのであれば、快楽も苦痛も喜んで受け入れる。

壊れる。本当にそう思ったのだ。逹《い》きようがないのだ。放出しようのない逸楽に翻弄され、内側から崩れていく。轡田に、崩されていく。

「……っ……あ……こわ、れ……」

滴り落ちる汗とともに、掠れ声が聞こえた。

「──してる」

「愛してる」

倖生の鼓膜を震わせたその言葉は、神経網に沿って全身を駆け巡った。尾てい骨から背骨へ、鮮烈な感覚が駆け上がり、脳に到達する。

身体から火花が散るのではないかというほど感じていた。爪の先から放電したっておかしくなかった。指先から、髪の先から、毛穴から……ぶわりと溢れたものはなんだったのか。快楽、幸福、あるいはまだ名前のないなにか？

それが倖生を、射精を伴わない絶頂に押し上げる。

なにも考えられなくなった。音すら、聞こえない。ただ目の前の男に縋りつき、彼もまた頂を越えたことをその震えで感じ取る。さっきから零れ続けている涙が、耳の中にまで入って擽ったい。

その耳に囁かれた名前を聞く。

幸せに生きると書く、自分の名前を。

「正直、ホッとしたよ」

岡は中指で眼鏡を押し上げて笑う。

「まったく、きみを手放してからの一週間、社長はひどいものだった。……あ、ええと、僕はBランチのガレットにしよう。シードルつけてね。デザートはバニラアイスにエスプレッソをかけて……キャラメルソースも！」

行きつけの店なのだろう、慣れた調子ですらすらとオーダーをする。

都心の裏通りにある小洒落た店はガレットの専門店で、味とボリュームに定評があるそうだ。倖生は初めての店だったので、いまひとつ勝手がわからず、岡と同じランチセットと、アイスティーにマロンのタルトを頼んだ。

タブリエをつけた男性店員は、かしこまりましたと姿勢良く去っていく。店のところどころに飾られたポインセチアが、十二月の雰囲気を彩っている。

出会った頃の暑さが、今はもう懐かしい。

倖生は現在、犬ではなく恋人として轡田の家で暮らしている。専用の部屋を与えられているが、ベッドにはカバーがかけられたままで、眠るのは必ず轡田の寝室だ。轡田の生活は規則正しいが、倖生はまだ寝坊癖が残っていて、轡田は毎朝苦労している。それでも鳴り響くアラームより、キスのほうがだいぶ目覚まし効果が高い。

先週末は、ふたりで墓参りをした。

轡田の家族と、倖生の母親に互いを紹介したのだ。轡田家の墓は都内にあり、車なら十分という近さだった。一方、神奈川にある倖生の母の菩提寺《ぼだいじ》はやや遠く、もう長い間訪れていなかった。墓周りを清掃し、花と線香を供えて、手を合わせる。

——あのさ、恋人ができたんだ。

そんなふうに心の中で報告した。

胸の奥をチクチクと苛《さいな》んでいた、ガラスの破片に似た感情がなくなったわけではない。もっと構ってほしかった、もっと守ってほしかった、もっと愛してほしかった……恨み言は尽きない。それでも最近は、胸の中のガラスの破片が静かに横たわっている感じがする。刺さってはいないのだ。消えないままの破片は……時々、光る。

最近は、笑顔で抱きしめられた記憶がふいに蘇ったりもする。

愛されていないわけではなかった。足りなかったけれど、ゼロではなかった。

「ユキくん？」

少しぼんやりしていたようだ。岡に呼ばれて、倖生は「あ、ごめん」と笑う。

「で、社長はそんなにひどい状態だったの?」

倖生の質問に、ひどかったとも! と、岡が胸を張る。

「一見普通に振る舞えるところが曲者《くせもの》なんだ。わかった、承知した、そうしたまえ……なんて言っておいて、実のところちっともこっちの話なんか聞いてやしない」

大仰な身ぶりを加えて岡が嘆息した。相変わらず芝居がかった人だ。

ダークグレーの背広にプラム色のタイは、ファッション業界の人間らしい渋いセンスだ。倖生はオフホワイトのニットに格子のスラックスという出《い》で立ちで、Vネックの胸元にはもちろんクロスが輝いている。轡田の目下の趣味は倖生を使った着せ替えごっこで、いまやクローゼットから服が溢れそうである。

「頭の中は自分が逃がしたワンコのことでいっぱいいっぱい。愛してるからこそ、自由にしてやろうと思った……なあんて自分に言い聞かせても、悔しくて寂しくて、もう心は張り裂けんばかり……あいたっ」

丸めた雑誌でポコリと頭を殴られ、岡が首を竦める。背後に轡田が立っていることに気がつかなかったのだ。わかっていた倖生は思わず小さく噴き出してしまう。

「これは社長。お待ちしていました」

「なにがお待ちしていましただ。本人のいない間に噂話など無礼だぞ」

キャメル色のカシミアのコートに身を包んだ轡田は、いつものように独特のオーラを放つ美男子だ。女性客たちの視線が、スーッと集まってくる。

「いる時にしたら、噂話になりませんよ」

「いいから、席を詰めろ。ほら」

はいはい、と岡が倖生の隣を空ける。轡田は倖生の隣に、自分以外が座ることを許さない。

「倖生」

そして座るなり、顔をこちらに向けていつも通りの要求をする。倖生は首を伸ばして轡田の唇にキスをした。ちゅっ、と小さな音がして、こちらを見ていた女性客たちの視線が一瞬固まり、そののちスーッと音もなく解散していった。

岡はもう慣れたもので「社長、今日のランチはAがアンチョビサラダのガレットで、Bがマッシュルームと卵とチーズですよ」などと説明している。

「私はAにしよう。シードルと、デザートは……おまえは？」

「俺はマロンタルト」

「では私はリキュールのシャーベットを。あとはコーヒー」

違うデザートをオーダーするのは、両方とも倖生が食べるからだ。岡が店員に追加オーダーを伝える。

自宅だろうと、外だろうと、会ったらキスをする。それは轡田との約束だ。

たとえば『Cherubino』に赴いた時であっても、そうする。さすがに来客がある時は差し控えるが、スタッフや所属のモデルがいたところでお構いなしだ。岡曰《いわ》く、これは周囲への牽制《けんせい》の意味も込められているのだという。つまり、『私の倖生に手を出すな』という主張なんだそうだ。そんな必要ないのにと思う倖生だったが、轡田が満足するなら構わないし、単純にキスは嬉しいものだ。最初のうちは気恥ずかしかったが、今ではもう慣れっこになった。

「で？　そろそろ決心がついたかな、ユキくん」

岡の問いに倖生は「またその話？」と笑いながら肩を竦める。

「決心もなにも、俺はモデルなんかしないって言ってるじゃん」

「もったいない。実にもったいない。……それは嫉妬深い恋人のせい？」

「そんなことないけどさ」

ちらりと轡田を窺うと、口元を曲げて黙りこくっていた。轡田にとっては歓迎したくない話題だろう。岡から何度も「モデルの仕事をしてみないか」と誘われ、そのたびに倖生は断っている。轡田がだめだと口にしたわけではない。だが、この男の性格を考えれば、倖生が人目に晒される仕事を喜ぶはずもない。

「でも、今なにも仕事してないんだろう？」

「バイトしてるよ。今は居酒屋で週に五日」

Pet Lovers の登録は解除した。田所は「惜しいね。ボルゾイは貴重だったのに」と笑い、そのあと少し真面目な顔で「お幸せに」と言ってくれた。問題なく辞められるように、轡田がなにかしら手を回していたのかもしれない。

居酒屋のバイトはナナの紹介で、店の連中とは気があっている。ただし、深夜帰りになることもあるため、轡田はあまりいい顔をしていない。それでも、金が必要なら出す、とは言いださなかった。倖生が怒るとわかっているからだろう。恋人は囲い者とは違うし、轡田にしても二十四時間倖生と一緒にいられるわけではないのだ。

「それに、通信教育で高卒の資格も取りたいんだ。この歳でまた勉強するとか信じられないけど……でも、必要な気がして」

「モデルもバイトでいいんだよ。毎日仕事があるわけじゃないし、むしろ居酒屋より、勉強と両立しやすいと思うんだけどな。……それに、酔っぱらいのオッサンにお尻を撫でられたりしなくてすむよ？」

ぴくり、とテーブルの上に置いた轡田の指先が震えた。

「なに言ってんの、岡さん。酔っぱらいはだいたい女の子に絡むんだよ」

「なるほど、倖生くんは優しいから、そういう時は助けに行ってあげるんだろうね。ああ、心配だ……加減を知らない酔っぱらい相手にケガをしないといいんだけど……。

そしてそんな優しくて、しかもイケメンの倖生くんに、バイト仲間の女の子はポーッとなっちゃうよね……あっ、女性客に逆ナンされたりするパターンも……」

「……岡」

「近いうちに、その居酒屋で倖生くんのファンクラブが結成されたり……」

「いいかげんにしろ、岡」

「おや社長。なにかご意見が？」

轡田の睨みも、長年のつきあいである岡には効果を発揮しない。

「言っておくが、私は倖生にモデルの仕事を禁じてはいない。本人がしたくないからしないだけだ」

「えぇぇ、そこは察しましょうよ。ユキくんは社長に気を遣って、しないと言ってるだけですって」

「……そうなのか、倖生」

「えっ」

運ばれてきたガレットに気を取られていた倖生は慌てて返事をする。そば粉の生地の上でとろけたチーズがとても美味しそうだ。

「あ、モデル？　そうだなあ、したくないというより、無理だろー、って感じ？　俺もう二十三だし、ほら、身体とかも作ってないし」

「二十代なら充分に需要はあるし、筋肉をムキムキさせるような仕事は回さないよ」

「けど、ガラ悪いし、頭も悪いし」

「モデルに学歴は関係ないし、きみは周囲をちゃんと見て動ける人だ。言葉遣いだけちょっと直せばまったく問題ない。何百人ものモデルをスカウトしてきた僕がいけるって判断したのに、信用してもらえないなんて、悲しいなあ……」

うーん、と倖生はガレットを切り分けながら苦笑する。

「正直自信ないんだ。自分が、大勢の人からかっこいいとか、綺麗とか思われるなんて、ちっともイメージできない。ハハ、ねえだろーって思う」

「……倖生」

轡田に呼ばれ「うん？」と顔を上げる。

「おまえは、自分を魅力的だと思ってないのか？」

「魅力なんかないって。清巳にだけ通用してるなにかがあるのはわかってるし、嬉しいけど……。でもまあ、清巳限定なんだよ、それって」

清巳限定じゃないのになあ、と岡がぼそりと呟いた。部下を再び睨んだあと、轡田は続けて倖生に問う。

「普通に歩いてるだけで、いつもチラチラ見られているだろう」

「みんな清巳を見てるんだよ」

「違う。倖生を見ているんだ」

「だとしたら、ちょっと外国人っぽいからだろ。どっかの国の血がちょっとだけ入ってるらしいし。そういや昔、歌舞伎町《かぶきちょう》で目が合ったほかのホストとケンカになりかけたなあ……目立つから気に食わないって言われて……ま、そういう目立ち方なんだよ、俺の場合。なあ、ふたりとも食べないの？　冷めちまうよ？」

参ったな、と轡田がため息をつく。それぞれのランチを食べ始めたが、カトラリーを置くまでに轡田が零した嘆息は、倖生が数え始めてからだけで、実に十二回だった。いったいどうしたというのだろう。

やがてデザートのシャーベットがテーブルに届く頃、轡田は唐突に「わかった」と言いだす。

「え？　なに？　なにがわかったの？」

「わかっていただけましたか、社長」

岡には通じているようだ。

「ああ。仕方ない。よかろう、私の目の届く範囲だと思えば、我慢できる」

「そのとおりです」

「ウォーキングレッスンの予約を入れておいてくれ。ブックの手配も。メイクは……先月ハリウッドから戻ったミカがいいだろう」

「彼女はいま引く手あまたですが、お任せください。人脈を駆使しますよ」

「……ちょっと、なに。なんだよ、ふたりして」

「倖生」

轡田はシャーベットの器を倖生の前に滑らせて言った。

「いやじゃないなら、うちで仕事をしてごらん」

「……だって……清巳、我慢できんの？　モデルなんて、他人に見てもらうのが仕事だろ？　こう、服はだけたりとか、そういうのも多いんだろ？」

「……想像しただけで血圧が上がりそうだが、我慢する」

「我慢って……べつに、俺はモデルなんて……」

「おまえから『自信がない』などと聞くほうがよほど耐えられない。私の狭量のせいで、自身の価値を知らずに過ごすなんて……最悪だ」

胃痛でも起こしたかのような顔でぼやく。

意外なセリフに、倖生はぽかんとしてしまった。おまえを宝石箱にしまっておきたい、鍵をかけて誰にも見せたくない——そんなふうに囁きながら倖生を抱いている轡田のセリフとは思えない。

「……そんな顔をするな。私だって、色々と考えているんだ」

「けど……ほんとに……いいの？」

ああ、と仏頂面で恋人が頷く。

「私の独占欲より、おまえの未来が優先されるべきだ」

岡は「社長も大人になりましたねえ」などと感心して、今度は轡田に足を踏まれている。

「……でも、俺に……できるかな」

「できるに決まっている」

「清巳以外の人が見ても、俺って……」

「美しい。必ずうちのトップモデルになる」

揺るぎない返事に、胸が熱くなった。

モデルという仕事についてはまだ漠然としたイメージしかない。これからたくさん学ばなければならないのだろう。けれどきちんと仕事をこなし、いつか轡田以外の人からも認めてもらえる日がきたら——倖生は自分のことを好きになれるかもしれない。価値を見いだせるかもしれない。

ろくでなし、ではなくなるかもしれない。

さらに、もしモデルとして成功すれば轡田の役にも立てるのだ。そうなれたらどんなにいいだろう。もらったシャーベットを食べながら、倖生はテーブルの下で轡田の脚に自分の脚を絡める。轡田は倖生にだけわかる程度に微笑み、その直後、

「ただし」

と岡に顔を向けた。

「最初のうちはすべての撮影についていくぞ。泊まりのロケももちろん同行だ」

「ちょっと待ってください。それじゃ社の業務が滞りますよ」

「調整しろ。それがきみの仕事だろうが」

「やれやれ……じゃあ僕からも言わせていただきますがね、撮影の前日に愛の行為は禁止ですよ。いや、前日だけじゃだめかな……とにかく、身体がキスマークだらけじゃクライアントに怒られます」

あからさまな発言に、さすがの倖生も顔が火照りそうだった。一方で轡田は動じる様子もなく「首までがっちり覆ってる仕事だけにしろ」などと注文をつける。

「そんな無茶な。シャツをはだけて、鎖骨のラインも見せないと」

「………」

「社長、『私だけの愛しい鎖骨なのに』とか思ってる場合じゃないですよ。ユキくんの綺麗な所をアピールしないでどうするんです」

「……よろしい。みぞおちまでは痕をつけないように努力しよう。倖生、おまえも気をつけなさい」

「お、俺？　なんで俺が？」

轡田は片眉だけをヒョイと上げ、倖生の肩を引き寄せた。そして耳に唇が触れそうな距離で、

「おまえに噛んでとねだられたら、私は堪《こら》えがきかないだろう？」

まるで歌うようにそう囁く。

デザートスプーンを咥えたまま、倖生は言葉を失ってしまった。たぶん耳は真っ赤になっているはずだ。昼日中にこんな場所で……まったく、なんて人だろう。

岡が「社長、聞こえてます」と遠慮のない呆れ声を出す。

もとの姿勢に戻った轡田は、優雅な手つきでカップを持ち上げながら、

「なに、うちの犬に噛み癖はないんだが……噛まれるのが好きでね」

さらりと言って、なに食わぬ顔でコーヒーを飲んだ。

本書は、二〇〇六年六月に大洋図書SHYノベルスより刊行された作品を改稿し、文庫化したものです。

犬《いぬ》ほど素《す》敵《てき》な商《しょう》売《ばい》はない

榎《え》田《だ》尤《ゆう》利《り》

令和4年 5月25日　初版発行

発行者●青柳昌行

発行●株式会社KADOKAWA
〒102-8177　東京都千代田区富士見2-13-3
電話　0570-002-301（ナビダイヤル）

角川文庫 23188

印刷所●株式会社暁印刷
製本所●本間製本株式会社

表紙画●和田三造

ISBN 978-4-04-111968-6　C0193

◇◇◇

角川文庫発刊に際して

角川源義

第二次世界大戦の敗北は、軍事力の敗北であった以上に、私たちの若い文化力の敗退であった。私たちの文化が戦争に対して如何に無力であり、単なるあだ花に過ぎなかったかを、私たちは身を以て体験し痛感した。西洋近代文化の摂取にとって、明治以後八十年の歳月は決して短かすぎたとは言えない。にもかかわらず、近代文化の伝統を確立し、自由な批判と柔軟な良識に富む文化層として自らを形成することに私たちは失敗して来た。そしてこれは、各層への文化の普及滲透を任務とする出版人の責任でもあった。

一九四五年以来、私たちは再び振出しに戻り、第一歩から踏み出すことを余儀なくされた。これは大きな不幸ではあるが、反面、これまでの混沌・未熟・歪曲の中にあった我が国の文化に秩序と確たる基礎を齎らすためには絶好の機会でもある。角川書店は、このような祖国の文化的危機にあたり、微力をも顧みず再建の礎石たるべき抱負と決意とをもって出発したが、ここに創立以来の念願を果すべく角川文庫を発刊する。これまで刊行されたあらゆる全集叢書文庫類の長所と短所とを検討し、古今東西の不朽の典籍を、良心的編集のもとに、廉価に、そして書架にふさわしい美本として、多くのひとびとに提供しようとする。しかし私たちは徒らに百科全書的な知識のジレッタントを作ることを目的とせず、あくまで祖国の文化に秩序と再建への道を示し、この文庫を角川書店の栄ある事業として、今後永久に継続発展せしめ、学芸と教養との殿堂として大成せんことを期したい。多くの読書子の愛情ある忠言と支持とによって、この希望と抱負とを完遂せしめられんことを願う。

一九四九年五月三日

永遠の昨日

榎田尤利

思春期の恋は、一生分の恋だった。

17歳、同級生の満《みつる》と浩一《こういち》。ふたりは正反対の性格ゆえに、強く惹かれあっている。しかしある冬の朝、浩一はトラックにはねられてしまった。頭を強く打ったはずなのに、何食わぬ顔で立ち上がる浩一。脈も鼓動もないけれど、いつものように笑う浩一は確かに「生きて」いて、その矛盾を受け入れる満。けれどクラスメイトたちは、次第に浩一の存在を忘れ始め……。生と死、性と青春が入り交じる、泣けて仕方がない思春期ＢＬ決定版。

ISBN 978-4-04-111967-9

カブキブ！1

榎田ユウリ

経験不問。カブキ好きなら大歓迎！

高校一年の来《くる》栖《す》黒《くろ》悟《ご》（クロ）は、祖父の影響で歌舞伎が大好き。歌舞伎を部活でやってみたい、でもそんな部はない。だったら創ろう！と、入学早々「カブキブ」設立を担任に訴える。けれど反応は鈍く、同好会ならと言わせるのが精一杯。それでも人数は５人必要。クロは親友のメガネ男子・トンボと仲間集めを開始。無謀にも演劇部のスター、浅葱《あさぎ》先輩にアタックするが……⁉　こんな青春したかった！　ポップで斬新なカブキ部物語、開幕！

角川文庫のキャラクター文芸

ISBN 978-4-04-100956-7

妖魔と下僕の契約条件 1

椹野道流

絶望から始まる、君との新しい人生。

その日、足達正路《あだちまさみち》は世界で一番不幸だった。大学受験に失敗し二浪が確定。バイト先からは実質的にクビを宣告された。さらにひき逃げに遭い瀕死の重傷。しかし死を覚悟したとき、恐ろしいほど美形の男が現れて言った。「俺の下僕になれ」と。自分のために働き「餌」となれば生かしてやると。合意した正路は生還を果たすが、契約の相手で、人間として骨董店を営む「妖魔」の司野《しの》と暮らすことになり……。ドキドキ満載の傑作ファンタジー。

角川文庫のキャラクター文芸

ISBN 978-4-04-111055-3

涙雨の季節に蒐集《しゅうしゅう》家《か》は、

太田紫織

切なくて癒やされる、始まりの物語!!

雨宮青音《あまみやあおと》は、大学を休学し、故郷の札幌で自分探し中。そんなとき、旭川に住む伯父の訃報が届く。そこは幼い頃、悪魔のような美貌の人物の殺人らしき現場を見たトラウマの街だった。葬送の際、遺品整理士だという望春《みはる》と出会い、青音は驚く。それはまさに記憶の中の人物だった。翌日の晩、伯父の家で侵入者に襲われた青音は、その人に救われ、奇妙な提案を持ち掛けられて……。遺品整理士見習いと涙コレクターが贈る、新感覚謎解き物語！

角川文庫のキャラクター文芸

ISBN 978-4-04-111526-8

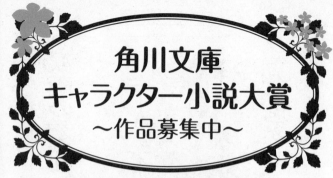